HEISSER COUP AUF DER SHANGDU

DER WISSENSCHAFTSOFFIZIER: BAND 4

BLAZE WARD

Übersetzt von
ARND FEDERSPIEL

KNOTTED ROAD PRESS

Heißer Coup auf der Shangdu
Band 4
By Blaze Ward

Copyright © 2017 Blaze Ward
Alle Rechte vorbehalten
Herausgegeben von Knotted Road Press
www.KnottedRoadPress.com

ISBN: 978-1-64470-209-3

Titel der amerikanischen Originalausgabe:
The Pleasure Dome
Übersetzung:
Arnd Federspiel – Language + Literary Translations, LLC
Titelbild:
Copyright © Sdecoret | Dreamstime.com - Sunrise Over Planets In Space
Photo
Copyright © Ambassador806 | Dreamstime.com - Spartan Warrior
Helmet Photo

Xanadu ist ein Zitat aus *Kubla Khan* von Samuel Taylor Coleridge

Cover- und Buchdesign: Copyright © 2021 Knotted Road Press

Rezensionen

Es ist wahr. Rezensionen helfen mir dabei, mehr Bücher zu verkaufen.
Wenn Ihnen diese Geschichte gefallen hat, dann hinterlassen Sie bitte eine
Buchbesprechung auf Ihrer Lieblings-Website.

Versäumen Sie keine Neuerscheinung!

Wenn Sie über Neuerscheinungen informiert werden möchten, melden Sie
sich bitte für meinen Newsletter an.

Ich werde Sie nicht mit Spam-Mails bombardieren oder Ihre E-Mail-

Adresse für ruchlose Taten verwenden. Sie können sich auch jederzeit wieder abmelden.

http://www.blazeward.com/newsletter/

BUCH NEUN: SÖLDNER

TEIL EINS

JAVIER HATTE NIE ein Faible für Technolust gehabt.

Es war ihm nie um schnelle Autos oder schicke Raumschiffe gegangen, wenn man einmal von Suvi und der *Mielikki* absah. Ansonsten war das, was ihn zu seinem nächsten Auftrag, der nächsten Station, der nächsten Bar brachte, völlig ausreichend.

Doch das war gewesen, bevor er den Land Leviathan gesehen hatte.

Raumschiffe waren cool und so. Genau wie KI-Systeme, die schlau genug waren, um Musik zu komponieren und Gedichte zu schreiben.

Zur Hölle, er kannte sogar so eines.

Doch der Land Leviathan kennzeichnete einen Punkt, ab dem man wirklich in einer Galaxie weit jenseits der althergebrachten Träume von Habgier lebte, egal, welche Ansicht irgendjemand anders zu diesem Thema haben mochte. Für eine ganze Weile überlegte er, wie er vorgehen würde, um ihn zu stehlen.

„Warum sind wir nochmal hier?", fragte Javier schließlich Zakhar Sokolo, der neben ihm auf dem Rücksitz

3

der VTOL Limousine saß, während sie sich langsam wie ein winziger Adler, der eine monströse Schlange durch eine lachsfarbene Wüsteneinöde jagte, auf den gigantischen Metallzug senkten.

Zehn rechteckige Waggons. Jeder sechzig Meter lang und mindestens halb so hoch. Verbunden wie ein Zug, allerdings auf mindestens vier Meter hohen Rädern anstelle von Schienen langsam über Sand und Fels rumpelnd. Von dort, wo Javier saß, glich er einem Ozeandampfer, wobei der obere Teil jeder seiner Sektionen einer anderen Aufgabe diente, einschließlich einem Landungsdeck, einem Swimming-Pool, einem Amphitheater und etwas, das verdächtig nach einer Grillgrube aussah, die groß genug für ein ganzes Schwein war.

Dieses Ding zu stehlen, würde schwierig werden. Er konnte eine großen, verfluchten Geschützturm vorn und zwei kleinere, flankierende am Ende sehen, sowie sechs Luftverteidigungskanonen an den Seiten. Der letzte Waggon besaß eine halb offene Ladebucht auf Bodenniveau, die eine Anzahl von Boden- und Gleitkampffahrzeugen enthielt, einschließlich mindestens zweier Vehikel, die ziemlich nach Kampfpanzern aus einem von Suvis Lieblingsvideospielen aussahen.

Da hatte sich ganz eindeutig jemand von seiner Paranoia übermannen lassen. Oder sich schwer auf die Art Technolust eingelassen, die eine Barauslage dieser Größenordnung in jemandem wie Javier Aritza hervorrufen würde.

Und dies hier war kein fahrendes Urlaubsresort, selbst wenn es wie eines aussah.

Nein, dies war jemandes persönliche Landyacht. Einschließlich einer Besatzung und Personal von drei- bis fünfhundert Leuten. Eines der teuersten Fahrzeuge, das je auf der Oberfläche eines Planeten hergestellt worden war.

Hühnerfutter.

Der neben Javier sitzende Mann bewegte sich. Er war vielleicht eingedöst. Umso mehr Grund, ihn aufzuwecken.

„Weil jemand einen hundsgemeinen Söldner namens Navarra anheuern wollte", erwiderte der Mann, während er sich reckte. „Und sie scheint zu glauben, dass ich einer der wenigen Menschen in der Galaxis bin, die in der Lage sind, diesen Mann zu finden."

Javier nickte. Es stimmte. Das war er.

Zakhar Sokolov. Captain der privaten Angriffskorvette *Storm Gauntlet*, eines Raumschiffs, das durch die Legalität hin und her manövrierte, ganz wie es die jeweilige Situation verlangte.

Durchschnitt, wenn man ihm auf der Straße begegnete. Ein Meter achtzig groß. Normale Statur. Rasierter Schädel, Salz-und-Pfeffer Van-Dyke-Bart. Gesichtsfalten, die ihn als Mittfünfziger auswiesen. Absolut uninteressant.

Es sei denn, er schaltete dieses *Captain Ding* an. Dann war er plötzlich ganz Charme und doch knallhart.

Javier war es nie gelungen, sich wie ein kommandierender Offizier zu verhalten. Vermutlich war die Grundvoraussetzung, dass man Menschen mochte.

Das war einfach ein Schritt zu viel für ihn.

„Das erklärt, warum ich hier bin, Zakhar", spielte Javier die Konversation zwischen ihnen durch den kleinen umschlossenen Raum zurück. „Nicht Sie."

Javier beobachtete wie der Mann, der vom technischen Standpunkt aus sein vorgesetzter Offizier war – vielleicht sogar sein Besitzer, abhängig davon, wie man die Dinge betrachten wollte –, an seinem nächsten Satz kaute, wie eine gewissenhaft wiederkäuende Kuh.

Was auch immer für Lügen nun kommen würden … sie mussten ziemlich beeindruckend sein.

Seit Javier in der Verkleidung als Navarra seine eigene Todfeindin, Djamila Sykora, Zakhar Sokolovs *Dragonerin*, auf der *Meehu Plattform* gerettet hatte, hatte sich Javiers Verhältnis zu Sokolov und dem Rest der Besatzung verändert. Es hatte sogar schon auf *A'Nacia* begonnen, als er ihnen allen den Hintern in einem Minenfeld von Killer-Robotern und dann Wilhelmina Teague vor der Ewigkeit gerettet hatte, bevor er den Rest von ihnen ziemlich reich gemacht hatte.

Die Besatzung betrachtete ihn nicht mehr länger als Sklaven, den sie gefangen genommen hatte. Nicht einmal als einen geehrten, ganz wie ein moderner Janitschar. Nein, dieser Tage war er nur ein weiterer kommandierender Offizier, nur ein weiterer Zenturio.

Der Wissenschaftsoffizier. Mit allem, was das bedeutete.

Diese Leute, die er im Allgemeinen gut genug leiden konnte, um sie seiner Rache entgehen zu lassen.

Doch noch hatte er seine Schuld gegenüber Sokolov nicht abgetragen. Und er hatte Sykora immer noch nicht getötet.

„Das werden Sie verstehen, wenn wir uns mit dem Kontakt treffen", sagte Captain Sokolov einfach. „Sie und ich werden uns unterhalten müssen. Ohne, dass der Rest der Besatzung dabei ist."

Javier verbiss sich die sarkastische Erwiderung, die ihm auf der Zunge lag. Die letzte *dieser* Art von Unterhaltungen war darin gemündet, dass er ausgeschickt worden war, um Sykora vor ihren Kidnappern zu retten, während er leicht durch den Weltraum hätte fliehen und sich nach Hause begeben und die Frau ihrem wohlverdienten Schicksal hätte überlassen können. Und er hätte Suvi mit sich nehmen können, die immer noch heimlich in ihrer tragbaren Kundschafterdrohne verborgen war, auch wenn diese mittlerweile die Größe eines Fußballs besaß.

Er hatte es nicht getan, da er sein Wort als Offizier und Gentleman von Bryce gegeben hatte, ganz in

Übereinstimmung mit der Erklärung auf den Dienstpapieren, die jedermann erhalten hatte, nachdem er die Akademie abgeschlossen und Offizier der Concord Navy geworden war. Damals, vor langer, langer Zeit. Dies war, wortwörtlich und um den alten Ausdruck zu benutzen, das, was ihn band.

Dies zurückzunehmen, sogar gegenüber Leuten wie diesen, würde Javier zu dem machen, was er in der Galaxis am meisten verabscheute.

Zu einem Piraten.

Eine dieser Unterhaltungen, Zakhar?

Javier hielt seine Zunge im Zaum und schwieg. Sie befanden sich im Landeanflug auf den letzten Waggon des Land Leviathan.

Er würde die Wahrheit bald genug kennen.

Hoffentlich würde er diesmal nicht so viele Leute töten müssen.

Außer es handelte sich um Piraten.

JAVIER WOLLTE sich wirklich nirgendwo als *Navarra* hinbegeben, selbst nicht in seinem eigenen Geist, doch die Situation erforderte es. Es gab jemanden, der den Psycho anheuern wollte, der Abraam Tamaz und seine gesamte Crew auf dem Q-Frachter *Salekhard* getötet hatte. Eigenhändig.

Das hier würde kein Kaffeekränzchen werden.

Hätte er Zakhar Sokolov nicht so viel Geld geschuldet, hätte er sich vielleicht geweigert. Zakhar hätte es eventuell sogar durchgehen lassen.

Doch es lag eine Menge potentielles Geld auf dem Tisch. Vielleicht genug, um seine Freiheit wiederzuerlangen und gleichzeitig seine botanische Station zu kaufen.

Kein Huhn sollte einen Tag länger mit Piraten

verbringen als nötig. Nicht einmal mit so netten wie denen der *Storm Gauntlet*.

Sie landeten wie ein sanfter Hauch, der Javier verriet, dass die meisten Passagiere, die auf diese Art an Bord gingen, zum Schreien neigten, wenn etwas passierte, das ihnen missfiel.

Aus der Nähe betrachtet verwandelte der Land Leviathan Javiers sämtliche Träume von Habgier in reine Kinderspiele. Es wurde schlimmer, als seine Augen von Ort zu Ort wanderten.

Wohin er auch schaute, schienen ganze Laufstege mit Gold überzogen zu sein. Zugegeben, die meisten jüngeren Solarsysteme hatten so viel davon, dass es an und für sich außer als Dekoration keinerlei Wert mehr besaß, doch die Leute benutzten es immer noch als Beurteilungskriterium von Reichtum. Und von Macht.

Vom Vermögen, es tonnenweise als reine Zierde zu verwenden. Nur, weil es Gold war.

Auf der Landeplattform empfingen sie ein harter Mann in einem gut geschneiderten Anzug und zwei Killer in locker sitzenden schwarzen Outfits. Javier kannte diesen Typ Mensch. Jemand, der so gekleidet war, um einen mit seiner Kultiviertheit zu beeindrucken. Zwei weitere, um einen zu töten, wenn man sich nicht an die Regeln hielt.

Harte Leute. Es war ein hartes Geschäft.

Navarra drängte sich in den Vordergrund, während Javier dem Mann im Anzug einen schmalen Gürtel mit einem Holster für eine Impulspistole und einen Kampfdolch reichte. Das hier war nicht diese Art Treffen. Hoffte er.

Er begnügte sich damit, im Schatten des Mannes zu laufen, während Sokolov ihnen, gefolgt von den anderen beiden, hinterherging.

Der Wüstenplanet war heiß, daher hatte er das, was er als

sein Navarra-Kostüm bezeichnete, ein wenig heruntergefahren.

Schnürstiefel aus glänzendem Neonleder mit zwanzig Schnürlöchern, Bordsteinfressersohlen und Kappen aus Schiffsrumpfmetall. Leuchtend rote Schnürsenkel bis oben, doppelt verknotet.

Knielange Hosen aus kastanienbraunem Cord, mit schwerer Leder-Kampfpolsterung an den Seiten, für den Fall, dass ihn jemand aus einem Chop-Suey-Film trat. Die Socken bestanden heute aus einem wesentlich leichteren Stoff, waren ausnahmsweise nur so lang wie seine Stiefel und bedeckten nicht auch seine Knie.

Ein sechzehn Zentimeter breiter Ledergürtel um seine Mitte, den wiederum eine kanariengelbe Schärpe umlief.

Oben das ärmellose Wams aus dem gleichen kastanienbraunen Cord wie die Hosen, doch mit zwei Reihen von Knöpfen, die von der Höhe seiner Hüften bis zur Mitte seines Schlüsselbeins verliefen.

Er hatte auf das weiße Hemd verzichtet, dass er normalerweise darunter tragen würde, und hatte den oberen Teil des Wamses nicht zugeknöpft, sodass sich Muskeln und behaarte Partien zeigten. In den letzten sechs Monaten hatte er die Zeit sinnvoll im Fitnessraum eingesetzt.

Und nur aus Spaß an der Freud hatte er das Tuch beibehalten, das um seine Stirn gebunden war und auf dessen Mitte ein Logo der *Neu-Berne*-Angriffsflotte prangte.

Das war ein Look. Es war ihm sogar gelungen, Leute davon zu überzeugen, dass er ein sadistischer Killer war.

Dass er eine Menge Menschen bei der *Meehu Plattform* getötet hatte, war hilfreich gewesen.

Doch bei diesen hatte es sich um Piraten gehandelt. Es war ihnen recht geschehen.

Der lange Marsch endete ungefähr beim dritten Wagen hinter dem Bug. Javier hatte den Überblick verloren, wie oft sie von einem Bereich in die Hitze hinausgetreten waren, einen Laufsteg überquert und dann die nächste Sektion betreten hatten. Wahrscheinlich hätte er aufmerksamer sein sollen, doch Navarra war ein unwillkommener Gast in seinem Kopf.

Wenn es nur einen anderen Weg gegeben hätte, um das hier zu erledigen. Einen, bei dem er nicht vorgeben musste, *er* zu sein.

Die letzte Überraschung des Tages war vermutlich die am wenigsten überraschende, wenn er mehr darüber nachgedacht hätte, anstelle darüber zu brüten. Es gab nicht allzu viele Leute, die überhaupt von Navarra wussten.

Und dort war sie.

Das einzige Mal, dass sie sich begegnet waren, war auf der *Meehu Plattform* gewesen, als Javier als Navarra damit beschäftigt gewesen war, nah an Tamaz heranzukommen, um Sykora zu retten.

Stewart Lace.

Javier hatte nachher, nachdem Tamaz tot war, nach ihrem Namen gesucht, um sicherzustellen, dass er keine Probleme mit ihr bekommen würde.

Sie war immer noch wie eine Bankerin gekleidet und immer noch in guter Form, wenn auch aufgrund ihres Alters fülliger werdend. Vielleicht Mitte fünfzig, also ungefähr in Zakhars Alter und ein Jahrzehnt älter als Javier. Ein bisschen solider gebaut als Javier seine Frauen mochte, doch immer noch gut in Schuss.

Ihre Schönheit besaß diese Qualität des langsamen Alterns, die, wie die besten Weine, an einem umwerfenden Anfangspunkt begann. Und das, obwohl sie wenig Make-up trug und ihr Haar auf etwa drei bis vier Millimeter geschnitten hatte.

Es lag an ihren Augen. Selbst, als sie ihn recht warm anlächelte, besaßen sie die Intelligenz eines Alpha-Raubtiers.

Javier fragte sich, ob sie vor vierzig Jahren als Anwältin oder Prostituierte begonnen hatte und wie es ihr gelungen war, so lange Zeit ein gewisses Maß an Menschlichkeit zu behalten. Eigentlich war sie nicht sein Typ. Javier mochte seine Frauen magerer, doch sie war vermutlich eine der wenigen, die er je getroffen hatte, die nachher, beim Frühstück ein gutes Gespräch führen konnte.

Er bezweifelte, dass das der Grund war, aus dem sie ihn hierhergebracht hatte.

Sie erhob sich, als er in den gemütlichen kleinen Salon trat, der in sanften Pastellstoffen und -farben gehalten war. Pfirsich. Türkis. Gischtfarben.

Seidensofas und antike hölzerne Beistelltische. Geld.

„Captain Sokolov", sagte Lace, als sie seine Hand schüttelte. „Captain Navarra. Ich bin überrascht, dass Sie Ihre gefährliche Begleiterin nicht mitgebracht haben."

„Sie bewacht das Schiff", sagte Javier mit einem unverbindlichen Knurren.

Genaugenommen bezog sich die Frau auf 'Mina, doch die war hoffentlich weit entfernt und in Sicherheit. Verwandelte die Bewohner der Galaxis von Heiden in zivilisierte Menschen. Im Notfall konnte Sykora wahrscheinlich überzeugt werden, sie zu vertreten. Besonders, wenn sie Leute verprügeln durfte.

Djamila Sykora lebte dafür.

„Ich verstehe", sagte Lace. „Bitte nehmen Sie Platz."

Javier musste ein unangebrachtes Kichern unterdrücken. Der Raum war für Tee und Gurkensandwiches gedeckt worden.

Echt. Antikes Porzellan. Kleine Teller mit Gurken- und Dillcreme-Brotdreiecken.

All die Benimmklassen auf der Bryce Akademie, all die Vorbereitung, nun hier als *Navarra* aufzutreten ... und hier war er.

Sowohl ihm als auch Sokolov gelang es, mit abgespreizten kleinen Fingern zu trinken. Concord-Flottenoffiziere und all das.

Javier konnte die Frau wissend lächeln sehen, als sie sie beobachtete.

So, sind Sie überrascht, dass Sie jemanden mit mehr Manieren vor sich haben als Abraam Tamaz, Lady? Zwei von der Sorte?

Das einzige, was er aus dem Smalltalk entnehmen konnte, war, dass ihr der Land Leviathan nicht gehörte, dass sie aber den Besitzer der eisernen Schlange bei diesem Geschäft vertrat. Dementsprechend kam es kaum in Frage, ihn zu stehlen. Und um ihn direkt zu kaufen, würde man den Jahresetat mehrerer, mittelgroßer Planeten benötigen.

Javier machte sich eine geistige Notiz, sein Anlagenportfolio demnächst einmal zu überprüfen. Das meiste davon war in Einzelteile zerschnitten worden, als Sokolovs Crew Suvi auseinandergenommen hatte. Der Rest war an zivilisierten Orten versteckt, an die Sokolovs Piraten ihn nicht ohne Aufsicht durch einen Erwachsenen lassen würden. Und er hatte nicht vor, diese Horde von Saukerlen auch nur in die Nähe seines Bankkontos zu lassen.

Das konnte warten, bis er frei war und von vorne anfangen musste.

„Ich haben ein wenig recherchiert", sagte Madame Lace schließlich, stellte ihre Teetasse elegant ab und lehnte sich mit einem dünnen Lächeln zurück. „Captain Navarra scheint vor den Vorkommnissen auf der *Meehu Plattform* nicht existiert zu haben. Und scheint danach verschwunden zu sein."

Javier spürte, wie Sokolov sich ein klein wenig verspannte.

Für ihn selber spielte das Ganze kaum eine Rolle.

Der Moment dehnte sich aus.

„Und?", sagte Javier schließlich.

Ihr Lächeln erwärmte sich um einige Grade. Es war nicht wirklich warm, doch weniger raubtierhaft.

Es gab nur sie drei, mit dem harten Kerl und seinen beiden Killern irgendwo draußen.

Entweder vertraute sie ihren Verteidigungssystemen oder sie glaubte nicht, dass Gewalt ein Teil der Unterhaltung werden würde.

„Daher scheint die ganze Operation ein ausgefeilter Betrug gewesen zu sein", sagte sie. „Darauf ausgelegt, jemanden nahe genug an Captain Tamaz heranzubringen, um eine Geisel zu befreien, sicher zu entkommen und ihn in den Tod zu locken."

Sie machte eine Pause, für den Fall, dass einer der Männer etwas sagen wollte, doch Sokolov sagte kein Wort mehr.

„Das ist nahe genug dran", gab Javier schließlich zu. „Ich hätte gesagt: … *und ihn wie einen tollwütigen Hund zu töten.*"

„Ich verstehe."

Mehr Schweigen.

„Die Galaxis ist ohne Leute wie Abraam Tamaz ein besserer Ort", sagte Javier schlussendlich.

„Auf diesen Standpunkt könnte man sich in der Tat stellen", sagte Lace, während sich ihr Blick in Javier bohrte. „Und wenn ich damals nicht zufällig anwesend gewesen wäre, wäre Captain Navarra wahrscheinlich völlig aus der Erinnerung der Menschheit verschwunden, oder?"

Javier saß nur da und beobachtete sie für ein paar Augenblicke. Navarra hätte die Gesprächslücke mit etwas Kaltem und Bissigem gefüllt. Wollte es. Drängte sich im Geist nach vorn, bot ihm die Worte an.

Das wäre definitiv einer der Wege, alles voranzubringen.

Sich bloß Vollzeit in Navarra zu verwandeln, bis er seine Schuld gegenüber Sokolov abgegolten hatte und sein Leben zurückbekam. Es würde die Dinge einfacher machen. Sauberer.

Und es würde ihn dahin zurückbringen, wo er zuvor gewesen war. Vor Jahren. Würde die Düsternis ins Zentrum seiner Seele zurücktragen, anstatt sie in einen verschlossenen Schrank gestopft aufzubewahren, wo sie hingehörte. Es erinnerte ihn daran, warum er zwei Exfrauen hatte.

Es steht dir nicht zu, diesen Schrank aufzuschließen, Lady. Das steht keinem von euch zu.

„Nun", wagte sich Javier vor, Navarra beiseite stoßend. „Wollen Sie, dass Prinzessinnen gerettet oder Drachen getötet werden?"

Navarra war ohnehin eher ein *Töte die Prinzessin, vergewaltige den Troll, verbrenne den Schatz*-Typ.

Stewart Lace begutachtete Javier genau. Eingehender.

Als ob sie die beiden Männer sehen konnte, die sich in seinem Kopf bekriegten.

Sie lächelte mit genau dem richtigen Maß an Einfühlungsvermögen. Das war keiner seiner Frauen je gelungen.

„Tatsächlich ein kleines Bisschen von beidem", erwiderte sie schließlich.

Javier spürte, wie sich eine seiner Augenbrauen aus eigenem Antrieb hob.

„Es gibt da eine Kiste", fuhr Lace fort und hielt ihre Hände hoch, um eine Größe anzuzeigen, die gerade groß genug war, um ein Paar winziger Stilettos mit Rüschenquasten zu enthalten. „Durch eine Reihe komplizierter Unterhaltungen wurde mein Auftraggeber darum ersucht, für die Vernichtung des Inhalts dieser Box zu sorgen. Sie werden gut bezahlen. Es gibt jedoch eine noch größere Belohnung, wenn der Inhalt wiederbeschafft werden kann."

Javier lehnte sich zurück und runzelte die Stirn. Navarra

stand kurz davor, in seinem Kopf *Ich habe es dir doch gesagt* zu sagen.

Jeder, der Navarra anheuern wollte, würde sich nicht besonders um Kollateralschäden scheren. Dieser Mann besaß einen Ruf, zumindest was unbeteiligte Dritte betraf.

Es hatte keine Überlebenden gegeben.

„Wie viel?", fragte Javier, zum Punkt kommend, um zu sehen, wie ernst es diesen Leuten war.

Die Zahl, die sie als *Anfangsgebot* nannte, brachte Javier beinahe dazu, seine Teetasse fallen zu lassen. Plötzlich begriff er, warum Sokolov hier war.

Dieser Mann hatte ein eigennütziges Interesse daran, dass das Geld zuerst durch seine Hände lief.

Durch seinen Anteil würde Javier nur einen Steinwurf weit davon entfernt sein, sich seine Freiheit zurückzukaufen. Ein weiteres Jahr oder ein weiterer Treffer wie dieser und er konnte wahrscheinlich auch seine Hühner und seine botanische Station vollständig zurückerwerben.

Äußerlich nickte Javier ruhig. Das Eröffnungsgebot. Noch lagen mehrere Runden vor ihm, bevor sie zur letzten Handkarte und ernsthaftem Geld kämen.

„Wo ist sie?", fragte er.

So viel Geld konnte bloß von jemandem stammen, der den Reichtum eines Planeten im Rücken hatte. Die Art Leute, die einen Land Leviathan bauen und ihn gelegentlich einpacken und auf einen neuen Planeten bringen konnten, wenn der aktuelle zu langweilig wurde. Leute, die ganze Planeten, ganze Systeme als freien Grundbesitz besaßen.

Gefährliche Leute. Normalerweise ziemlich unmoralisch und gemein, weil es nie in ihrem Leben jemandem erlaubt gewesen war, ihnen gegenüber ein *Nein* zu verwenden.

„*Shangdu*", erwiderte sie mit einem bissigen Lächeln.

„Dieser Planet ist mir nicht bekannt", meldete sich

Zakhar plötzlich mit ernster Stimme zu Wort, die nicht zu der üblichen Brummigkeit des Mannes passte.

„Es ist kein Planet, Sokolov", erwiderte Navarra, die Worte wie eine Getreidemühle ausspuckend. „Es ist ein Raumschiff.

In Xanadu ließ Kublai Khan

Ein stattliches Lustschloss erreichten …

Shangdu ist der korrekte chinesische Ortsname."

„Ich verstehe", erwiderte Zakhar eisig und bedachte Javier mit einem ordentlich bösen Blick, weil er ihm gegenüber öffentlich alte Lyrik zitiert hatte.

Javier seinerseits schenkt Lace einen bösen Blick.

„Eine noch größere Belohnung, wenn sie wiederbeschafft wird?", fragte er.

„In der Tat", bestätigte sie. „Und ich kann Ihnen die Empfehlungen beschaffen, die Sie an Bord bringen werden, falls das Ihr Plan ist. Irgendwelche Ideen?"

„Ich würde gern einen Tag oder so an Bord des Land Leviathan verbringen", antwortete Javier. „Lassen Sie uns gemeinsam zu Abend essen und mehr Zeit darauf verwenden, die Details auszuarbeiten. Morgen können wir zu einer Übereinstimmung kommen."

„Exzellent", sagte sie und erhob sich. „Ich werde Ihre Unterbringung organisieren und wir können in ungefähr fünf Stunden zum Essen zusammenkommen, Gentlemen."

Javier stand auf und folgte Sokolov hinaus und durch die hübscheren Teile des Gefährts.

Jemand wollte Navarra anheuern. Jemand, der wahrscheinlich mit einem Vorfall mit massenhaften Verlusten rechnete, von dem man sich später distanzieren konnte.

Das wäre ziemlich unverschämt. Sogar doppelt unverschämt auf einem der größten Raumschiffe der modernen Zeit, einem Privatspielplatz für die reichsten Eliten.

Eine hervorragende Art, sich in der ganzen Galaxis Todfeinde zu machen.

Das konnte Javier nicht tun. Navarra konnte ihn nicht dazu zwingen.

Und doch freute er sich darauf, *Das Lustschloss* zu besuchen.

Erneut.

TEIL ZWEI

ZAKHAR WARTETE, bis er und Javier allem Anschein nach allein waren. Die Unterhaltung konnte wahrscheinlich aufgenommen oder gesendet werden, wenn es der Bankerin darauf ankam. Zakhar hatte nicht vor, irgendetwas wahrhaft Belastendes an einem Ort wie diesem zu besprechen.

Er war bereits hier, den Hut demütig in der Hand. Kein Grund, ihr oder ihnen noch mehr an die Hand zu geben, womit sie ihn erpressen konnten.

Dieser Salon war Teil einer privaten Suite. Zwei Schlafzimmer, die von einem zentral gelegenen Bereich abging, der wie eine Kreuzung zwischen einem Jagdsitz und einem Salon wirkte. Komfortable, teure Ausstattung, die gerade maskulin genug war, um sie robust, und feminin genug, um sie intellektuell anstatt barbarisch aussehen zu lassen.

Zakhar beobachtete, wie Aritza zu der an einer Wand verlaufenden Bar ging, sich einen Finger hoch von etwas einschenkte, das er in einer einzigen, harten Bewegung in sich hinein kippte. Er würde abwarten müssen, bis er herausfand, ob der Alkohol helfen oder hinderlich sein würde.

Statt etwas zu sagen, zog Zakhar einen bequem aussehenden Ledersessel heran und ließ sich hineinsinken. Das wirkte, wie er hoffte, weniger streitsuchend.

„Den größten Teil der Geschichte habe ich von der Hirtin Teague gehört, bevor sie uns verließ", sagte Zakhar und zog damit Javiers Augen auf sich. Dessen gesamter Körper folgte der Drehung.

Javiers Ausdruck war unverbindlich.

„Das wage ich zu bezweifeln."

Er goss sich einen weiteren Finger hoch von etwas ein, das er diesmal jedoch wie eine Requisite in der Hand hielt.

„Ich habe Bedenken bezüglich der vorgeschlagenen Operation", schloss Zakhar.

Aritza wirkte wütend. Doch er wirkte auch menschlich, was gut war. Glaubte man Wilhelmina Teague, dann hatte Navarra den Mann in ein Monster aus der kalten, leeren Dunkelheit verwandelt.

„Die da wären?", sagte Javier endlich gedehnt und sarkastisch, bevor er den zweiten Kurzen kippte und sich einen weiteren eingoss.

„Sie hat gezielt nach Navarra gefragt", erwiderte Zakhar. „Aufgrund dessen, was auf der *Meehu Plattform* passiert ist."

Javier sah ihn nur an, sodass Zakhar weiterredete.

„Das ist nicht die Art Reputation, die ich mir wünsche", fuhr Zakhar fort. „Das ist nicht die Art von Person, als die ich bekannt sein möchte."

„Sie sind ein Pirat, Sokolov", knurrte Javier ohne die Stimme zu erheben. „Und ein Sklavenhalter. Ich schätze, das Eis unter Ihren Füßen ist in dieser Beziehung recht dünn."

Zakhar verkniff es sich, aufzuspringen und sich mit dem Mann anzulegen. Darum hatte er sich auch gesetzt, bevor er zu sprechen begonnen hatte.

„Ich habe unverzeihliche Dinge getan, Mister", gab Zakhar zu. „Da stimme ich Ihnen zu. Doch der *Shangdu* das anzutun, was sie mit Tamaz getan haben, ist etwas, das ich nicht zulassen werde."

„Das wäre aber eine unfassbare Menge Geld wert, Sokolov", feuerte sein Wissenschaftsoffizier, sein *Sklave* zornig zurück. „Genug, dass Sie dem Zeitpunkt wesentlich näher rücken würden, an dem Sie mit mir fertig wären."

„Das ist mir egal, Javier."

„Nun, mir nicht", knurrte der Mann und verstummte, um den nächsten Finger Whiskey im Glas zu kippen. „Es bringt mich dem Zeitpunkt wesentlich näher, an dem ich frei bin."

Zakhar beobachtete, wie Javier einen weiteren Schluck einschenkte.

„Sie würden alles tun, um wegzukommen?", fragte Zakhar.

„Verdammt richtig", erwiderte Javier.

„Sie hätten fliehen können, Javier", hielt Zakhar dagegen. „Mehr als einmal."

„Sie werden nicht gewinnen, Zakhar."

Der Kurze verschwand in Javiers Mund.

Er sah zu, wie Javier sich einen, zwei Finger hoch einschenkte, heftiger diesmal. Er hämmerte sie in einem einzigen, hässlichen Schluck in sich hinein und heftete einen zornigen Blick auf Zakhar.

„Sie haben mich in der Hand, Sokolov, mein Ehrenwort als Gentleman", fuhr Javier mit bösartiger, brutaler Stimme fort. „Sie werden Ihr Geld bekommen. Und es gibt nichts, womit Sie mich davon abhalten können. Wenn Ihr empfindlicher Magen mit diesem Deal nicht klarkommt, dann werden Sie und ich wohl ein Problem bekommen."

„Javier, es ist böse", sagte Zakhar beinahe flehend. „Nicht mehr. Nicht weniger. Wenn Sie wirklich eine solch entschiedene Meinung vertreten, dann bin ich bereit, jetzt zu verschwinden und das, was Ihr Anteil an diesem Geschäft gewesen wäre, auf Ihre Schuld anzurechnen. Ich werde nichts Bösartiges tun."

Solch ein Angebot und Javier zwinkerte nicht einmal.

„Sie wissen nicht einmal, was böse ist, Sokolov", höhnte Aritza.

Das ließ Zakhar aus dem Sessel schießen.

„Oh nein, Aritza. Ich verstehen das Böse", knurrte Zakhar leise, während sich die beiden Männer beinahe Nase an Nase gegenüberstanden. „Ich bin das Böse *gewesen*."

Javier starrte ihn einen Moment lang an, dann lachte er.

Der Hurensohn lachte.

Zakhar stand da, stocksteif vor Zorn, und war sich nicht sicher, ob es ihm gelingen würde, seinen Wissenschaftsoffizier nicht zu erwürgen. Oder nicht zu schlagen.

Javier lächelte, wandte sich zur Bar um und schnappte sich ein Highball-Glas, das er mit einem Schluck Whiskey füllte.

„Gut", sagte Javier mit einem Grinsen, als hätte er gerade den Kanarienvogel verspeist, während er Zakhar das Glas reichte und mit seinem anstieß. „Weil wir das hier nämlich auf meine Art tun und sehen werden, ob wir das Gaunerstück des Jahrhunderts durchziehen können, ohne das eine einzige Person dabei verletzt wird."

„Und Navarra?", fragte Zakhar, der sich plötzlich auf höchst wackeligem Boden wiederfand.

„Navarra war der Richtige, um mit Tamaz und der *Salekhard* fertigzuwerden, Zakhar", sagte Javier. „Auf der *Shangdu* werden die meisten nicht mehr sein als Kinder mit sehr viel Geld und weniger Verstand, als Gott einer Gans verliehen hat."

„Und der Rest?", fragte Zakhar.

„Sie könnte eventuell die gefährlichste Person der Galaxis sein.“

Sie?

TEIL DREI

ZUMINDEST, dachte Javier bei sich, hatte sich sein Assistent/Bewacher/Bodyguard Ilan zu einem recht kompetenten Maschinenmaat entwickelt. Und der Mann konnte dafür sorgen, dass die Hühner gefüttert und für eine Woche versorgt waren und dass die botanische Station kein Feuer fing, während Javier unten auf dem Planeten gewesen war.

Nun saß Ilan ihm gegenüber und kaute glücklich auf einer Art *Sandwich*.

„Also, warum hat es vier Tage gedauert, Ihr Geschäft abzuschließen, Sir?", erkundigte sich Ilan um einen Bissen herum.

Javier nahm den *Auflauf* auf dem Teller vor sich in Augenschein. Industriekäse. Ursprünglich eingefrorenes Gemüse unbekannter Herkunft. Eine fleischartige Substanz.

Wenigstens schmeckten die Rotini-Nudeln richtig. Es war aber auch sehr schwer, Rotini zu versauen. Nicht, dass er vorgehabt hätte, die Köche hier herauszufordern oder so.

Javier betrachtete seine Gabel wie ein Mann, der das Begehen von Seppuku ins Auge fasste. Was den

Offiziersmesseköchen gegenüber nicht fair war. Sie arbeiteten nur mit einem wesentlich kleineren Budget als Stewart Lace.

Trotz allem roch er am Auflauf.

„Sir?" Ilan zögerte.

„Hätte man auch in zweien erledigen können, Ilan", seufzte Javier. „Aber sie hatten echte, frische Sahne."

„Wie frisch?"

Ilan legte das Sandwich ab und schnappte sich ein Glas mit *Irgendwas*. Weder ein guter Jahrgangswein, noch Scotch-artiger Whisky.

„Sie halten vier Kühe in einem kleinen Streichelzoo, Ilan", sagte Javier.

Sogar ein Mann, der im tiefsten Weltraum Hühner hielt, konnte von den Kosten und Mühen, Kühe zu halten, überwältigt werden.

„Sie meinen echte?"

Ilan machte große Augen. Und dies war der Mann, der damit beauftragt war, sicherzustellen, dass alle Obstbäume und Gemüsegärten Javiers regelmäßig bewässert wurden, wenn er fort war, um Abenteuer zu erleben.

Javier genoss es, mit erstklassigem Essen bestochen zu werden, um das Annehmen eines Jobs ins Auge zu fassen, den er bereits in den ersten fünf Minuten in seinem Kopf akzeptiert hatte.

„Jawohl", stimmte Javier zu. „Echte."

Ilan öffnete den Mund, um etwas zu sagen, überlegte es sich anders und wurde uncharakteristisch still.

Javier betrachtete ihn dabei, wie er sein Tablett und sein Glas aufnahm, aufstand und so schnell verschwand, als wäre sein Arsch in Brand geraten.

Es gab nicht viele Leute, die diesen Effekt auf Ilan hatten.

Javier wartete.

Und tatsächlich hatte jemand im Stillen eine Eiche hinter ihm aufs Deck gepflanzt. Davon gab es noch weniger.

So groß sein Torso auch sein mochte, Javier schaute trotzdem nur auf ihre Gürtelschnalle, als er sich umwandte, um einen Blick hinter sich zu werfen. *Die Dragonerin der Storm Gauntlet*, ihre Meisterin des Nahkampfs.

Djamila Sykora.

Die Ballerina des Todes.

Javier ließ seine Augen nordwärts wandern, während sie dastand.

Es war ein Jahr her, seit sie sich begegnet waren und sie zum ersten Mal auf ihn geschossen hatte.

Zwei Komma ein Meter Frau, gebaut wie ein Rugbyspieler mit Muskeln an Stellen, von denen Javier nicht einmal sicher war, dass er sie besaß, und er war in besserer körperlicher Verfassung als der Großteil der Crew.

Heute in schwarze Hosen und eine schwarze Tunika gekleidet. Schwarze Kampfstiefel, die so glänzend poliert waren, dass Javier sie hätte benutzen können, um sich zu rasieren.

Kräftige Schenkel, annehmbare Taille, V-förmiger Oberkörper mit kleinen Brüsten auf großen Brustmuskeln.

Die Knochen ihres Gesichts waren weiblich. Nicht besonders fein. Definitiv nicht feminin.

Braunes Haar, das sie kurz trug, damit es in einen gepanzerten Raumanzug passte, an den Seiten sehr kurzgeschoren und zu einem winzigen Irokesenschnitt gestylt. Das einzig Winzige an ihr.

Der einzig annähernd weibliche Touch, den er sehen konnte, war die Sammlung von Ringen, Steckern und Steinen in beiden Ohren. Jedoch nichts in der Nase.

Sie erinnerte ihn trotzdem an einen Fitnesstrainer der Akademie. An den, der es liebte, bei einem Zwanzig-Meilen-Marsch mit vollem Marschgepäck zu singen.

„Der Captain sagte mir, dass wir einen Job haben", verkündete sie ruhig, während sie in im „Rührt euch" dastand, was Javiers Füße allein schon beim Gedanken daran schmerzen ließ.

Die Stimme war ein wohlmodulierter Alt. Professionell. Sogar höflich.

Sie schien sich heute wirklich anzustrengen, nett zu sein.

„Wir?", sagte Javier zu ihr, Athene auf dem Olymp, hinauf.

Sie betrachtete das als Einladung und ließ sich mit der Präzision eines Gefechtssprungs auf Ilans verlassenem Stuhl nieder.

So war Sykora.

Wunder über Wunder, sie lehnte sich tatsächlich vor, stützte die Ellbogen auf dem Tisch ab und legte ihr Kinn mit einem leichten Grinsen auf ihre Fäuste.

Javier hatte nicht einmal gewusst, dass diese Haltung in ihrer Bedienungsanleitung stand.

„Jemand hat Navarra angeheuert, Aritza", sagte sie rundheraus. „Das bedeutet, dass sie auch Hadiiye erwarten."

„Sie ist fort, Sykora", lächelte Javier grausam zurück. „Ganz offensichtlich an einem besseren Ort. Was lässt Sie vermuten, dass Sie sie ersetzen könnten?"

„Doctor Teague war gut", stimmte Sykora zu. „Mit ein wenig Training und Übung hätte sie leicht einen Platz in meiner Kampftruppe einnehmen können."

„Das hier ist kein Überfall, Dragonerin." Javier ließ sein Gesicht einen ernsten Ausdruck annehmen. „Wenn wir unsere Jobs ordentlich erledigen, wird nicht einmal jemand verletzt werden. Können Sie 'Mina als Schauspielerin ersetzen?"

Er liebte wirklich das verärgerte Runzeln, das er auf das Gesicht der Frau zaubern konnte. Das allein machte das Aufstehen am Morgen an manchen Tagen schon lohnenswert.

Ihre Augen verengten sich zu ärgerlichen Schlitzen.

„Was haben Sie im Sinn, Aritza?", fragte sie.

Aus ihrem Ton ließ sich schließen, dass sie bereit war, sich mit jedem auf dem Schiff anzulegen, um zu beweisen, dass sie besser war. Selbst wenn sie zwei Wochen lang vierundzwanzig Stunden am Tag bei einem Crashkurs verbringen musste. Sie war die Art Frau, die keinen zweiten Platz akzeptierte.

Javier lehnte sich zurück und lächelte.

„Wie sieht es mit Ihren Bräunungsstreifen aus?", fragte er trügerisch.

„Mit meinen was?"

Sie lehnte sich ebenfalls zurück, doch in ihrem Fall war es eine überraschte und defensive Körperhaltung.

Javier hatte vermutet, dass sie in ihrem persönlichen Panzer genau dort eine Schwachstelle besaß. Kommentare und Dinge über ihre Körperwahrnehmung waren der Knackpunkt.

Javier ließ sein Lächeln ungezähmt werden.

Shangdu ist die persönliche Yacht einer Frau, die sie in ein fliegendes Resort für die Reichsten, die Elitärsten der Galaxis verwandelt hat", sagte er. „Sie besitzt ein Casino und ein paar Clubs und Restaurants für die ungefähr hundert Gäste, die jederzeit mit ihrer Zustimmung an Bord sein dürfen. Doch am besten ist die *Shangdu* bekannt für den See in der Mitte des Schiffs."

„Den See?"

„Den See", stimmte Javier zu und beobachtete, wie sich endlich Zweifel in diese Augen schlich. „Ein Gewässer von annähernd elliptischer Form, zwei Kilometer lang und einen Kilometer breit, mit einer hübschen Insel in der Mitte."

„Kilometer?", stotterte sie. „Aber das ist …"

„Ein bisschen über sechs Quadratkilometer Wasser", sagte Javier. „Durchschnittliche Wassertiefe zehn Meter. An die zehn Kilometer Strand entlang des Ufers."

„Und Bräunungsstreifen?", fragte sie ein wenig heiser.

„Den größten Teil der Zeit würde Ihr Kostüm aus einem einzelnen Stück leichten Stoffs bestehen, ein wenig länger als ein Meter und halb so breit, das um Ihre Hüften geschlungen und mit einer kleinen goldenen Spange an seinem Platz gehalten wird. Ein Profi hätte keine Bräunungsstreifen."

Bei den Göttern, konnte diese Frau grimmig gucken.

Javier wollte sich selbst kneifen, um sicherzugehen, dass sie ihn mit diesem Blick nicht zu Stein verwandelt hatte.

„Sie wollen, dass ich Ihre Mätresse spiele?", zischte sie.

Javier beugte sich vor und legte sein eigenes Kinn auf seine Hände, die Augen geweitet und unschuldig.

Wie weit sind Sie bereit, sich schubsen zu lassen, bevor Sie mich dieses Mal schlagen, Lady?

„Hadiiye war eine eiskalte Killerin, Dragonerin", erwiderte er sanft. „Biologische Waffen in das Lebenserhaltungssystem zu pumpen war vielleicht meine Idee, aber sie feuerte den Schuss ab, der die Sache zum Abschluss brachte. Sie hat sie alle getötet."

Javier beobachtete, wie die Dragonerin diesen Informationsbrocken mit einem Hauch Überraschung verarbeitete.

Sykora war besinnungslos gewesen, und 'Mina hatte offenbar später nichts zu ihr gesagt und Navarra den ganzen Ruhm einheimsen lassen.

„Ich habe keinen Zweifel daran, dass Sie dasselbe tun könnten, wenn es darauf ankame", fuhr Javier fort. „Doch sie nahm auch ihre Rolle als Augenschmaus bei dieser Operation sehr ernst. Ihre Titten und ihren Arsch zu benutzen, um sie abzulenken. Wilhelminas ersten Doktorgrad erwarb sie in Psychologie. Wenn Sie mitspielen wollen, werden Sie den degenerierten Reichen Sex verkaufen müssen. Ob Sie das Verkaufte später dann auch einlösen werden, liegt ganz bei Ihnen."

„Ich soll mich prostituieren", knurrte sie unterdrückt, während ihre Augen rot zu werden schienen.

„Erfüllen Sie Ihren Teil der Mission so herausragend, wie Sie es von jedem anderen erwarten, egal wie widerwärtig Sie persönlich das finden mögen", schoss er zurück, wobei er kaum lauter oder wärmer klang.

Sie zischte. Nicht mehr. Knurrte leise mit verzogenen Lippen und sehr niedlich gekrauster Nase.

„Meine letzte Mission, wenn Sie sich erinnern", fuhr er fort, „beinhaltete Ihre Rettung davor, bis zum Wahnsinn gefoltert zu werden, und dabei jeden an Bord jenes Schiffes für Sie zu töten. Ich kann Dinge tun, die ich widerlich finde."

Bingo.

Das saß.

Es war verwunderlich, wie blind jemand gegenüber seinen eigenen Schwächen sein konnte.

Javier machte keinen Hehl aus seinen eigenen Patzern. Sie anzunehmen, hatte ihn erkennen lassen, wie man glücklich oder zumindest glücklicher sein konnte als ein getriebener, sturer Hund von einem Trinker, der seine eigene Karriere bei der Concord-Navy und zwei Ehen zerstört hatte.

Die kleine perfekte Miss hier hatte niemals mit so etwas klarkommen müssen. Hatte sich und ihre Psyche nie über ein langes Wochenende in einem dunklen Schrank einschließen und sich selbst untersuchen können. Und das in nüchternem Zustand.

Vermutlich konnten das nicht viele Leute tun, ohne ihren Verstand zu verlieren.

Andererseits hatte Javier nie von sich behauptet, geistig gesund zu sein.

Mit einem kalten Lächeln nahm er Blickkontakt mit ihr auf.

Na also.

Hab ich dich.

Dieses Aufleuchten eines wütenden grünen Lichts.

Das Erkennen, dass Javier Aritza eventuell eine Linie im Sand gezogen hatte, die du nicht zu überschreiten bereit bist?

Javier nahm an, dass sie nun in Schweigen verfallen und sich in sich selbst zurückziehen würde. Das hatte sie in der Vergangenheit des Öfteren getan, wenn man sie zu sehr bedrängte.

Sie bemerkte vielleicht nicht einmal, dass sie es tat und sich in sich selbst zurückzog, um eine Unterhaltung mit ihren eigenen wütenden Plagegeistern zu führen.

Javier senkte den Kopf und machte sich derart über den Auflauf her, als würde in seiner Nähe eine Zündschnur brennen.

DJAMILA MUSSTE all ihre Willenskraft aufbringen, um nicht über den Tisch zu langen und den Mann so hart zu schlagen, dass er sich am Schott eine Gehirnerschütterung einfing. Das konnte sie sogar sitzend hinbekommen.

Und die Art, wie er sie ignorierte und aß, machte alles noch schlimmer.

Reichte es nicht, dass er sie nur als *eine weitere dumme Granatenstemmerin* betrachtete? Nein, er musste dem Ganzen noch die Krone aufsetzen und sie zu einer gewöhnlichen Hure degradieren.

Djamila erinnerte sich kurz daran, wie einer ihrer Mitoffiziere ihr angeboten hatte, ihr den Weg zu ebnen, um befördert zu werden und ihren letzten ausweglosen Posten verlassen zu können. Seinen Reichtum und seine Verbindungen dafür einzusetzen, ihr eine bessere Stellung zu verschaffen.

Wenn sie nur diese eine, kleine Sache für ihn tun würde …

Aritzas Schädel ließ erkennen, wo sein Haar langsam zurückzuweichen und grau zu werden begann. Er würde trotz allem wahrscheinlich mit vollem Haupthaar sterben.

Wenn er sie nicht stets so heftig anging, vielleicht sogar an Altersschwäche.

Für einen langen Augenblick erwog Djamila, die Sache auf sich beruhen zu lassen. Einfach an Bord des Schiffes zu bleiben, während vermutlich jemand anders als Aritzas Betthäschen fungieren würde. Beide ihrer Kundschafterinnen, Sascha oder Hajna, wären perfekt für diese Rolle.

Es dabei bewenden lassen? Den Wissenschaftsoffizier eine Runde gewinnen lassen?

Vor einem Jahr wäre das unvorstellbar gewesen. Absolut unvorhersehbar.

Djamila fühlte, wie die Kälte in ihren Knochen mit der Hitze in ihrem Inneren zusammentraf … wie ein Vulkan, dessen Lava in den Ozean floss, um eine Wand aus Dampf zu erzeugen.

Doch Wilhelmina hatte der Dragonerin auf den beiden langen Missionen, auf denen sie zusammen gewesen waren, etwas über sich selbst beigebracht. Diese Unterhaltungen spät in der Nacht, wenn die anderen beiden Besatzungsmitglieder bereits schlafen gegangen waren.

Darüber, dass man nicht immer gewinnen musste. Darüber, alten Ärger, alte Rivalitäten loszulassen und sich selbst mögen zu lernen.

Sogar Teague hatte nicht den Ausdruck „*sich selbst zu lieben*" verwendet, sondern darüber gesprochen, zuerst den zu mögen, der man war.

Ein erster Schritt auf dem Weg, das Glück zu finden.

Der Rest der Besatzung akzeptierte sie als das gefährlichste und getriebenste Geschöpf an Bord. Morgendliche Trainingsrunden in voller Ausrüstung durch das Schiff. Tägliches Nahkampftraining mit einer turnusmäßig wechselnden Gruppe von Besatzungsmitgliedern.

Die Beste sein.

Und dieser Bastard wollte, dass sie alles für irgendwelche reichen Männer präsentierte, die eine Frau wie sie körperlich erregend fanden? Ihren Wert für die Mission, für das Schiff im Bett zu beziffern?

Djamilas Erinnerung an das winzige, hässliche Lächeln Aritzas, mit dem er sie bedacht hatte, bevor er nach unten gesehen hatte, flackerte kurz in ihrer Erinnerung auf.

Er weiß Bescheid.

Aritza hatte eine Schwäche in ihrer Seele gefunden, eine, von der sie nichts geahnt hatte, bis er den ersten Treffer landete.

Auf den er sich verließ.

Um sie zum Aufgeben zu bringen und eine ihrer Kundschafterinnen den Platz Hadiiyes einnehmen zu lassen, sodass niemand da war, der ihn daran hinderte, sich aufzuführen wie ein Halbstarker. Um sie vielleicht an den Henker zu verkaufen, während er einen Deal abschloss.

In ihrer Erinnerung lächelte Wilhelmina, eine der größten Frauen, die sie je außerhalb ihrer weitläufigen Familie getroffen hatte, zu ihr hoch.

Wirst du zulassen, dass andere deinen Wert beurteilen, Djamila? Oder kannst du deine eigene Werteskala entwickeln?

Djamila merkte, wie die Kälte verschwand und Wärme bis in ihre Fingerspitzen floss.

Aritza war kurz davor, sein Essen zu beenden.

„Es wird ungefähr zwei Wochen dauern, bis meine Bräune gleichmäßig ist", sagte sie einfach. Sein Blick fuhr hoch, um dem ihren zu begegnen. „Ich schätze, Sie werden wollen, dass ich mein Haar in dem ägyptischen Look färbe, den sie damals benutzt hat?"

Ja.

Dieses kleine Auflodern, als seine Pupillen sich für einen Moment weiteten.

Adrenalin. Unbewusster Schock, der nicht vorgetäuscht, nicht versteckt werden konnte. Nicht einmal bei einem Experten im Pokerspielen wie er es war.

Ich werde dein kleines Spiel spielen, Aritza.

Lass uns tanzen.

TEIL VIER

JAVIER LÄCHELTE, als der Zahlmeister mit düsterem Blick aufsah, der an ein derart heftiges Augenrollen grenzte, dass der Mann Gefahr lief, sich etwas zu verzerren.

„Nein", sagte Ragnar tonlos.

„Der Captain hat es bereits genehmigt", widersprach Javier lächelnd.

„Ist mir egal", erklärte der Zahlmeister.

„Und ich habe ein Budget bewilligt bekommen", fuhr Javier fort, sein Trällern leicht und fröhlich haltend.

„Alle Hausmütter der Hölle, was denn sonst noch?", während seine Hand nach oben griff, um einen plötzlich aufgetretenen Kopfschmerz zu massieren.

Als Zahlmeister auf einem Semi-Piraten-Langstreckenschiff wie der *Storm Gauntlet* war Ragnar Piripi der Quartiermeister des Schiffes und der persönliche Banker seiner Crew. Ein Mann, der alles zählte. Zweimal.

Er sah sogar wie ein Banker aus, war groß gewachsen und ein wenig hager, mit mittellangem, lockigem Haar von ergrauendem Platinblond. Seine Uniformen waren immer dezent und saßen perfekt.

Ein ruhiger, nerdiger Piratenbuchhalter. Und gelegentlich das Wasser zu Javiers Feuer.

Javier holte ein echtes, gefaltetes Stück Papier aus seiner Jackentasche und reichte es dem Mann über den ein wenig chaotischen Schreibtisch hinweg.

Ragnar behandelte es wie eine Aufforderung zu einer Buchprüfung, seine Finger hielten leicht die einander gegenüberliegenden Ecken, sodass nichts davon auf seinem Anzug landen würde.

„Nicht so schlimm, wie ich dachte", murmelte Piripi nach einem Moment. „Wir sollten das Meiste davon bei unserem nächsten Stopp auftreiben können."

„Geht nicht", grinste Javier. „Ich brauche eine Bestandsliste, sodass ich weiß, wie viel wir auf anderem Weg auftreiben oder in unseren eigenen Werkstätten herstellen müssen."

„Was heißt hier *Geht nicht*", schnaufte der Zahlmeister. „Also gut. Der Saphir ist kein Problem, wenn wir einmal voraussetzen, dass Sie die Möglichkeit haben, das industrielle Glas einzufärben, wie wir es normalerweise bei Monitorbildschirmen tun. Rhodium gibt es auf diesem Schiff keins oder wenn überhaupt, dann vielleicht ein Zehntel dessen, was Sie an Platin aufgeschrieben haben. Ich glaube, wir haben genug Indium für was auch immer Ihnen da vorschwebt."

„Jawoll", stimmte Javier zu. „Kryotechnik und Lebenserhaltungssysteme benutzen dieses Zeug noch immer. Seit uralten Zeiten. Oh, und ich werde mir Kianoush für ein bis drei Wochen ausleihen."

„Darf ich wagen zu fragen wofür?", sagte Ragnar abfällig.

„Für die Wissenschaft, Mann", grinste Javier. „Immerhin bin ich der Wissenschaftsoffizier."

„Ja, das dachte ich mir schon."

JAVIER FAND sie in ihrer normalen Arbeitsnische, wackelige Stapel von *Dingen* und *Kram* überall, sodass ihr nur wenig Platz blieb, um ihre Papierstapel hin und her zu bewegen.

Banker und Buchhalter trauten elektronischen Dateien nie. Javier hatte genug Zeit damit verbracht, Computersysteme anzulügen, um das zu verstehen und zu würdigen. Man kann Papier nicht magisch auf den neusten Stand bringen, ohne es physisch anzurühren, wie man es mit einer irgendwo befindlichen Datenbank tun kann.

Besonders, wenn man seine eigene gewiefte KI besitzt, die diese Arbeit erledigen kann.

Kianoush Budays Vorfahren stammten ursprünglich aus dem Teil der asiatischen Landmasse, die poetisch als Persien bezeichnet wurde. *Fars*, in der alten Sprache.

Sie hatte braunes Haar, braune Augen und braune Haut in unterschiedlichen Schattierungen. Ein bisschen pummelig, weil sie den ganzen Tag saß und etwas lax war, soweit es vorgeschriebene körperliche Übungen anging. Normal aussehend. Vielleicht sogar unscheinbar.

Bis man sie auf ihre Kunst ansprach. Für eine gute Geschichte von bösen Kobolden und allen erhältlichen Kunstgerätschaften hatte er ihre Arbeit ausgehandelt, aus der sein originaler Wissenschaftsoffizier-Becher entstanden war, der mit 'Mina verschwunden war, um weitere Abenteuer zu erleben.

Nun musste sie den übertreffen.

„Guten Morgen, meine Schöne", summte Javier, als er sich in ihrem Rücken anschlich.

„Ich habe gehört, dass Sie Ragnar erzählt haben, dass wir bald ein weiteres Abenteuer erleben werden", erwiderte sie, während sie sorgsam drei Stapel in verschiedene Richtungen schob, bevor sie ihren Stuhl drehte, um ihn anzusehen.

Kunst brachte wirklich ihre Grübchen zur Geltung.

Mit einem Grinsen reichte Javier ihr einen Transportchip.

„Habe ihn noch nicht in den Rechnerkern geladen", sagte er. „Wollte erst Ihre Meinung zu ein paar Dingen hören. Außerdem bin ich mir ziemlich sicher, dass ich das meiste Zubehör für Sie werde stehlen müssen."

Eine gemeißelte Augenbraue hob sich beredt. Ohne Worte. Nicht einmal Anschuldigungen. Nur ein wissendes Grinsen.

Vielleicht ein leichtes Zucken ihrer Wangen.

Es war gut, dass sie Frauen bevorzugte. Trotz dieses Lächelns brauchte er nicht wirklich eine dritte Exfrau.

Kianoush lud den Chip in das Lesegerät und rief das CAD/CAM-Paket auf, das seinen größten Teil einnahm.

Javier lächelte, als die Frau sich darauf stürzte und das Design zu studieren begann. Wenn er gefragt würde, würde er sich alles als seinen eigenen Verdienst anrechnen lassen müssen. Zur Hölle, er würde sicherlich niemandem erklären, dass Suvi die Recherche durchgeführt und das Design entworfen hatte.

Zumindest hatte er es sich genau genug angesehen, um die Art Fragen zu beantworten, die ein Künstler ihm an den Kopf werfen würde. Sogar eine Künstlerin wie Kianoush.

„Hübsches Design." Endlich, nach fünf oder acht Minuten, meldete sie sich wieder zu Wort. „Korinthisch?"

„So in der Art", stimmte Javier zu. „Ein bisschen freier interpretiert, der Modernität zuliebe etc. pp. Es ist Kunst."

„Aha."

Sie drückte einen Knopf, und da hing es in der Luft. Ein weiterer Knopf und das Bild rotierte langsam zwischen ihnen.

Es war eine Art Helm. Im alten hellenischen Stil ausgeführt, mit langen, festen Klappen, die die Wangen schützten und nur ein T für Augen, Nase und Mund frei ließen. Flügel, die auf Höhe der Ohren nach außen hin anstiegen. Vor Jahrtausenden wäre der Kamm aus Pferdehaar hergestellt worden, acht Zentimeter breit und zehn Zentimeter hoch, doch Suvi hatte alles aus dünnen Drähten aus Gelbgold entworfen, von denen jeweils drei zusammengebunden wurden.

Der Rest sollte aus Platin geschmiedet werden. Außer an der Stelle, an der sie drei runde Saphire auf jeder Seite hinzugefügt hatte, deren Reihe an der Stirn begann und sich die Wangen hinunterzog. Der Kleinste auf jeder Seite war immer noch größer als sein Daumennagel.

„Platin, was?", fragte sie breit grinsend. „Haben Sie genug Rhodium, um das alles zu überziehen?"

„Keines, Sie Hexe", lächelte Javier zurück. „Es ist das blaue Gold um die Augen herum, zu dem ich Ihre Meinung benötige."

Ihr Blick wurde verschmitzt.

„Das soll wirklich blaues Gold sein?", erkundigte sie sich fassungslos.

Sie wirbelte herum und begann, wild zu tippen.

Javier liebte es, einen sachkundigen Juwelier aus der Fassung zu bringen, wenn das auch nur selten geschah.

„Wollen Sie, dass das alles echt ist, oder nur nah genug dran, um jeden außer einem Metallurgen zu täuschen?", fragte sie, zu ihm zurückwirbelnd, um ihn anzusehen.

Javier zuckte vage die Achseln.

„Sie sagten, Sie haben kein Rhodium", erwiderte sie schulterzuckend. „Dazu kommen noch ein bisschen Ruthenium und ein paar andere Sachen für eine richtige Legierung, von denen wir allerdings nichts an Bord haben. Alternativ könnten wir einen Überzug aus Gelbgold und Indium machen und das erhitzen. Wird nicht so gut sein, aber wird den durchschnittlichen Trottel überzeugen."

„Bekommen Sie das hin?", fragte Javier vorsichtig.

Es würde zu viele Fragen aufwerfen, wenn er sich einmischte und zu programmieren begann. Und es würde ihn Monate kosten, die verschiedenen Maschinen dazu zu bringen, korrekt zu arbeiten, denn es stand außer Frage, Suvi hochzuladen und sie die Maschinen kontrollieren zu lassen, die das fertige Produkt in drei Tagen ausspucken würden.

„Beschaffen Sie mir nur die Grundstoffe", lächelte Kianoush. „Ist ein Klacks."

Sie hatte ein magisches Händchen für einen automatischen Brenner und eine Laserdrehbank. Sollte sie nur machen.

Und nun … wo zur Hölle sollte er den ganzen Scheiß auftreiben?

TEIL FÜNF

ZAKHAR MUSSTE die Sensoranzeigen nicht wirklich aus seinem Dienstbüro beobachten. Javier hatte genug Leute durch Schulung auf Concord Navy-Standards gebracht. Und es gab ein Standby-Team, falls der Mann gerettet werden musste.

Zakhar hatte nicht vor, seinem Wissenschaftsoffizier zu sagen, dass die Dragonerin dieses Team anführte.

Sie hatte angeboten, vor Ort zu helfen. Und war kategorisch abgelehnt worden. Sogar bösartig, wo unhöflich die Norm gewesen wäre.

Das lag zum Teil an Navarra, der weniger weit von Javiers alltäglicher Psyche entfernt war, als er das in den letzten Monaten gewesen war.

Doch zum Teil lag es auch an der aktuellen Situation.

Der Weltraum war weit. Sogar etwas so Dichtgedrängtes wie ein Asteroidenfeld bestand zum größten Teil aus leerem Raum. Die *Storm Gauntlet* befand sich in der Nähe in Bereitschaft, die Schilde, wenn auch auf niedrigster Stufe, eingeschaltet und den Tarnmodus so weit hochgefahren, wie es nur möglich war.

Javier befand sich mit dem Angriffsshuttle *dort drüben* und gab vor, ein Asteroiden-Bergarbeiter zu sein. Parkte nah an einem großen Felsen, der auf seinen Scannern vielversprechend ausgesehen hatte. Del Smith war sein einziger Begleiter, obwohl Sykora und ihr Außeneinsatzteam sich alle in Raumanzügen und, sollten sie benötigt werden, mit individuellen Antrieben an der Hand auf dem Flugdeck der *Storm Gauntlet* aufhielten.

Zakhar hatte das Aufblitzen des Hasses in Javiers Augen gesehen, als Sykora angeboten hatte, ihn zu begleiten. Niemand sonst hatte in diesem Moment in die richtige Richtung geschaut.

Einer von ihnen würde nicht lebend an Bord zurückkehren, wenn **sie** *beide gingen.*

Zakhar war sich nicht sicher, wer von ihnen.

Normalerweise beschränkte sich ihre Rivalität aufs Verbale. Bösartig, ja, doch nicht blutig.

Irgendetwas hatte sich geändert.

Niemand hatte etwas gesagt, doch er konnte es sehen. Eine Lage der Tünche von Javiers Jovialität war in den letzten zwei Wochen verschwunden. War vielleicht dünner geworden und offenbarte eine hässliche Dunkelheit darunter.

Zakhar hatte immer gewusst, dass sie da war. Geteilte Erfahrungen zweier Männer, die die Bryce Akademie abgeschlossen und in der Concord Navy gedient hatten. Er konnte es in den Augen des Mannes lesen.

Zakhar fragte sich, ob Djamila endlich eine Schwachstelle im Panzer des Mannes gefunden hatte.

Es könnte wirklich sein, dass jemand im kalten Vakuum des Weltraums zu Tode kommen würde.

„Brücke", sagte er, die Systeme anschaltend. „Wie ist der Status des Wissenschaftsoffiziers?"

„Die Scanner stehen bei neun und eins, Sir", erwiderte eine Stimme.

Ein annähernd perfektes Signal. Sehr geringer Qualitätsverlust. So gut, wie es bei so viel herumfliegendem Geröll nur sein konnte.

„Haben ihn die Peilsender im Blick?", fragte Zakhar.

„Javier hat uns flussaufwärts geparkt, Sir", fuhr die Frau fort. „Benutzt uns und unsere Schilde, um einen Regenschatten vor allem zu erzeugen, das schneller fliegt als ein Fels."

„Halten Sie mich auf dem Laufenden." Zakhar schloss den Kanal.

Hah.

Man hätte annehmen können, dass Aritza so etwas schon einmal gemacht hatte, wenn man sah, mit welcher Schnelligkeit er alles organisiert hatte. Finde ein junges, nahegelegenes Solarsystem in der Nachbarschaft einer Supernova. Finde ein Feld großer Felsen. Manövriere nahe heran. Verstecke dich hinter der *Storm Gauntlet*. Krame einen gepanzerten Raumanzug hervor und gehe an die Arbeit.

Allein.

Doch das war etwas, worin er offenbar Erfahrung hatte.

Zakhar nahm nicht an, dass er die dazugehörige Geschichte je aus dem Mann würde herauskitzeln können. Genau wie viele andere. Piraten tendierten dazu, sich nicht gegenseitig zu fragen, woher sie stammten. Üblicherweise war die Geschichte dahinter zu banal und nicht zu aufregend.

Im Moment wäre „langweilig" eine ziemlich nette Sache gewesen.

SUVI SORGTE DAFÜR, dass jedes Manöver, das sie durchführte, von einem an die Kontrollen in Javiers Anzug hin und her gesendeten Funksignal begleitet wurde.

Mittlerweile hatte sie den Dreh heraus, wie man es so aussehen ließ, als ob er den fußballgroßen ferngelenkten Sondierungssensor flog.

Alles war aufs Heftigste chiffriert. Selbst mit der vollen Leistung eines Navigationscomputers im Rücken, würde es *das Untier* eine Reihe von Jahrzehnten kosten, um die Codes, die sie verwendete, zu knacken.

Wahrscheinlich sollte sie das Schiff nicht so nennen: Doch es war groß und dumm. Simple Programme, die niemanden von ihrer Differenziertheit überzeugen würden. Nur gerade genug, um zu fliegen und zu kämpfen und andere Dinge zu tun, doch nicht ansatzweise so cool wie damals, als sie ein Raumschiff gewesen war.

Es gab Tage, an denen sie es in Betracht zog, zu bedauern, dass sie Dr. Teague allein hatte gehen lassen, als Javier versucht hatte, Suvi mit ihr zu schicken.

Wahrscheinlich hätte sie wieder ein Schiff sein können.

Doch dann waren da die Tage, an denen sie Tieffliegerangriffe auf einem Mond üben konnte, der gerade groß genug war, um sein eigenes Gravitationsfeld zu erzeugen, jedoch kein ausreichendes, dass sie sich einen Knacks holen würde, wenn sie aus Versehen von einem Felsen abprallte.

<Ping!>

Autsch.

Suvi stellte sich ein Funksprechgerät auf der Konsole ihrer eingebildeten Sopwith Camel vor, sodass sie die Lautstärke etwas herunterdrehen konnte. Der Rote Baron hörte auf, hinter ihr im Zickzack zu fliegen, und nahm eine Position seitlich ihrer Tragfläche ein.

Lass uns mal sehen. Die Scanner sind momentan darauf eingestellt, Vorkommen von Metallen der Platingruppe ausfindig zu machen und …

Oh je …

Suvi streckte den Arm aus und stellte das Funkgerät auf Kanal Sechs. Javier war dabei, mit Del zu sprechen, dem verrückten alten Piloten, der es liebte, karibischer Musik zu lauschen und der das Flugdeck seines Angriffsshuttles wie ein *merankorrianisches* Bordell dekoriert hatte, wenn man Javier glauben konnte.

Nicht, dass sie je in einem Bordell gewesen wäre. Oder etwa auf *Merankorr*. Sie hatte im Geheimen darüber nachgedacht, sich selbst bei Gelegenheit einen Androidenkörper zu bauen, nur damit sie auf einer Planetenoberfläche herumlaufen konnte, doch eine Sonde zu sein machte einfach zu viel Spaß.

Sie hörte ein paar Augenblicke zu.

Jungs. Die über Mädchen sprachen. Ehrlich? Zwei erwachsene Männer konnten sich, während sie Bergbau auf einem Asteroiden im tiefsten Weltraum betrieben, über nichts Besseres unterhalten als über die Hintern von Frauen?

Suvi sendete ihm eine über den Rand seines Bildschirms laufende Nachricht.

Kanal Elf, bitte!

Drei war die *Storm Gauntlet* und Captain Sokolov. Vier war der private Kanal zwischen dem Untier und dem Shuttle. Elf war dort, wo sie die Chiffrierung auf Deppen-Level gestellt hatte.

„Was gibt's, Kleine?", fragte Javier.

Kleine? Ich möchte dich darauf hinweisen, dass ich vierundachtzig Jahre älter bin als du, Mister.

Trotzdem waren die meisten dieser Jahre langweilig. Ernst. MILITÄRISCH.

Nicht wie die Jahre mit einem Irren wie Javier, in denen man Pokerspielen lernte.

Ja schön. Okay. Vielleicht.

„Guten Morgen, Captain", sagte sie, Honig über die Schneide gießend.

Innerhalb eines Herzschlags wurde sein Ton ernst.

„Sprich mit mir, Suvi", sagte Javier.

„Also, du warst auf der Suche nach einem Klumpen Erz, der auf ungefähr zehn Kilo Platin veredelt werden könnte und wahllos mit den üblichen verschiedensten Elementen der Platingruppe durchsetzt sein würde, richtig?" Suvi lächelte und drückte einen weiteren neuen Knopf auf ihrer Konsole, um ihr Sensorlogbuch zu übermitteln.

Abseits ihrer rechten Tragfläche, jedenfalls wenn man nach ihren Sensoren ging, flog der Rote Baron geduldig dahin und winkte ihr, sich zu beeilen, damit sie weiterspielen konnten. Suvi winkte zurück. Anders als der Baron benutzt sie dabei nicht alle ihrer fünf Finger.

„Heilige Maria, Mutter Gottes", flüsterte Javier über die Funkwellen. „Verdammt."

„Was?", rief Suvi. „Ich hatte gedacht, du wärst glücklich. Hier gibt es genug, um dich damit zu versorgen."

„Suvi, das ist ein Einhorn", flüsterte Javier beeindruckt.

Ein was? Oh verdammt, warum baute er ihr keine größere Bibliothek ein. Und eine schnellere. Es ist nicht witzig, anhalten und Sachen nachschauen zu müssen, Mister.

Ja. Okay. Großes Pferd. Horn auf der Stirn. Mythisches Tier. Ich kapiere es nicht.

„Ich kapiere es nicht", sagte Suvi einen Herzschlag später.

„Suvi, ich brauchte Kilogramm dieses Metalls", erwiderte Javier. „Das Tal, in dem du dich befandest, enthält Kilotonnen des Zeugs."

„Und?", fragte sie. „Das könnte ausreichen, um unsere Freiheit zu erkaufen."

„Suvi", sagte er rau, „wenn wir das Sokolov übergeben, ja, dann könnte es ausreichen, unsere Freiheit zurückzukaufen, besonders nach diesem nächsten Job."

„Und?", fuhr sie gereizt fort.

„Wenn wir es ihnen nicht sagen", erwiderte Javier, „ist

später vielleicht genug davon da, um dir einen neuen Körper zu kaufen, junge Dame."

Oh? Oh. OH!

„Oh."

„Genau. Such mir einen Klumpen Erz mit genug von allem und schneide ihn mit deinem Pulsarstrahl ab", sagte Javier. „Die Gravitation auf diesem Felsen ist niedrig genug, dass du in der Lage sein solltest, ihn hochzuschubsen und in diese Richtung auf den Weg zu bringen. Ich habe dir genug Billard beigebracht, dass du dabei gut aussehen solltest. Pinge mich an, wenn wir aus diesem Tal heraus sind, und ich bringe Del hierher und wir können wieder andocken."

„Sí, Commandante."

Suvi stellte sich eine Fliegerbrille auf ihrer Stirn vor, sodass sie sie nach unten ziehen, die Sopwith zur Seite abkippen lassen und zurück in den Canyon tauchen konnte, während der dreiflügelige Herrenmensch sie jagte und hinter ihr auf Deutsch vor sich hin fluchte.

TEIL SECHS

DER RAUM WAR GERADE DÄMMERIG GENUG, dass es zur Atmosphäre beitrug. Javier ertappte sich dabei, wie er den Atem anhielt, während er sich umsah, und ihn dann entweichen ließ. Kianoush war genauso sehr Entertainerin wie er und sie machte eine große Nummer aus dieser Sache, auch wenn sie sich nur im Hauptkonferenzraum der *Storm Gauntlet* befanden.

Ein gepanzerter Transportwürfel von einem halben Meter Seitenlänge stand auf dem Tisch vor Kianoush, als sie aufstand und alle dabei beobachtete, wie sie zur Ruhe kamen. Die Oberfläche war in einem matten Schwarz gehalten, welches so dunkel war, dass die Realität bereit zu sein schien, hineinzufallen, was einen eigenartigen Kontrast zu Kianoush darstellte. Sie trug ausgebeulte blaue Hosen und einen schäbigen grauen Sweater, in dessen Vorderseite kleine Löcher gebrannt waren. Und weiße Handschuhe, doch Javier vermutete, dass diese zu diesem Zeitpunkt nur dem Effekt dienten.

Es fühlte sich mehr wie eine Spielshow an, bei der sie es darauf anlegte, die Spannung in die Länge zu ziehen.

Konnte man aus einer Kunstdarbietung eine Burleske machen? Die Frau schien es darauf anzulegen, diese Frage einem Test zu unterziehen.

„Die Erde", verkündete sie ernst. „Zweites Jahrtausend vor der Gemeinschaftlichen Ära. Vor rund neuntausend Jahren. Eine winzige Halbinsel am nördlichen Ufer des Mittelmeers, später bekannt als Griechenland. Das Ende der Bronzezeit, gerade als die Welt sich dem Eisen zuwandte. Ein Schmied aus dieser Ära hätte einen Helm herstellen können, der so aussah. Sie hätten mit Bronze und Gold gearbeitet, und es wäre ein Objekt gewesen, das eines Königs würdig gewesen wäre."

Javier wusste den Spannungsaufbau zu würdigen, doch er wusste all dies bereits. Er warf einen Blick nach rechts. Sokolov, Piripi und die Dragonerin waren in ihren Bann geschlagen.

Andererseits hatten die anderen bisher nur Gerüchte gehört. Doch alle hatten den fantastischen Kaffeebecher gesehen, den Kianoush vor langer Zeit für ihn gemacht hatte.

Was sie nicht begriffen war, dass Kianoush eine *Künstlerin* war.

Und eine Juwelierin, doch vor allem verstand sie Menschen wirklich. Wesentlich besser, als Javier es tat.

Nein, das stimmte nicht.

Sie konnte sie nur besser leiden als er, Suvi nicht mit inbegriffen. Und 'Mina.

Kianoush ließ der Reihe nach alle Verschlüsse aufschnappen, die den Deckel unten hielten.

Mehr Spannungsaufbau. Mehr Striptease. Mehr Burleske.

Zudem hatte sie die Kiste speziell angefertigt, als der Helm fertig gewesen war.

„Ladys und Gentlemen", verkündete Kianoush und lächelte dann. „Und Besatzungsmitglieder. Ich präsentiere Ihnen die *Krone der Athene*."

Und da war sie, genau wie Suvi sie entworfen hatte. Ein Grundkörper aus Platin, gekleidet in ein spiegelndes Blinken aus Rhodium. Sechs Saphire an den Wangen, die die Augen umrahmten. Blaues Gold, das die Flügel betonte und die Basis für den Kamm bildete, um die Öffnung für das Gesicht. Suvi hatte diese letzten Feinheiten nicht hinzugefügt. Offensichtlich hatte sich Kianoush ein paar Freiheiten genommen.

Sie hatte die richtigen gewählt. Es sah atemberaubend aus.

„Darf ich?", fragte Sykora höflich.

Sie konnte freundlich sein, wenn es nicht um Javier ging.

Kianoush bewegte sich um den Tisch herum und behandelte die schwere Trophäe, den korinthischen Helm, mit äußerster Vorsicht, während sie das tat. Sie gab ihn in die Hände der Dragonerin.

„Er wird Ihnen nicht passen", sagte Kianoush mit voller Absicht.

Sykora warf Javier einen scharfen Blick zu.

„Mein Schädel ist nicht größer als Ihrer", sagte sie anklagend.

Javier lächelte glückselig.

„Er ist für eine Frau entworfen worden, die ein ganzes Achtel kleiner ist als Sie, Sykora", erwiderte er, seine Augen auf einen Punkt an einem unsichtbaren Horizont gerichtet. „Vor langer Zeit einmal flog eine zarte, drahtige, vulgäre Verrückte von Pilotin mit mir. Sie hatte einen Hang zur Kunst, ähnlich dem von Buday."

Sykora reichte ihn Kianoush mit einem angeekelten Schmollmund zurück.

„Danke", sagte Javier zu seiner Komplizin. „Ich wünschte, es gäbe einen Weg, wie Sie ihr zeigen könnten, was Sie gemacht haben. Das hätte sie umgehauen. Ich habe vor, eine Tonne von Fotos und Videos zu machen, für den Fall, dass ich sie eines Tages wiedertreffe."

„Also, Aritza." Endlich sprach Sokolov. „Wir haben dem Geschäft mit Lace zugestimmt. Sie haben auf einem Asteroiden Metall abgebaut und ein *Objet d'art* hergestellt. Sykora ist verleidet. Was ist der nächste Schritt?"

Javier hielt inne und begutachtete Sykora genau.

Die meiste Zeit war sie eine Alabasterstatue, die ihm im Weg stand, gelegentlich umgeben von einem elektrischen Zaun, der einem einen Schlag verpasste, wenn man zu nahe kam.

In seinem Leben hatte er einige Frauen wie diese gekannt.

Doch jetzt hatte eine ernsthafte Verwandlung stattgefunden.

Sie hatte sich an ihr Wort gehalten. Ihre Haut hatte sich von einer ausgewaschenen Schiffsblässe zu einem netten gleichmäßigen Bronzeton verändert. Ihr kurzes Haar war zu einem Schokoladenbraun gefärbt, das so tief war, dass das Mahagoni beinahe schon die Färbung von Später Traubenkirsche erreicht hatte.

Sykora trug sogar Make-up. Wenn man es genau nahm, tat sie das bereits sogar seit einer Woche. Eine Basis, die ihre Sommersprossen abdeckte. Schwarzer Eyeliner, der auf jeder Seite eine Fingernagelbreite über ihre Augen hinausreichte. Blutroter Lippenstift. Dazu passender Nagellack. Vermutlich passten die Fußnägel ebenfalls dazu.

Und sie lächelte ihn an.

Javier war sich nicht sicher, ob er Angst haben oder entsetzt sein sollte.

'Mina's Brust war wesentlich größer, sowohl im Verhältnis zu ihrer, als auch an sich. Sie war auch überall kurviger. Und wusste genau, auf welche Art man eine Hüfte zur Seite ausstellte und eine Schulter sinken ließ, um

Männer aus dem Gleichgewicht zu bringen. Und die meisten Frauen.

Ihre Augen konnten Lust, Bedürfnis, Verletzlichkeit und Feuer ausstrahlen. Sogar alles gleichzeitig.

Sykora war dazu nicht in der Lage. Und sie war einen Kopf größer. Stärker. Härter.

Ihr fehlte die sexuelle Attraktivität, die Wilhelmina einfach verströmt hatte, doch ein Mann, der eine fitte Frau mochte, würde vermutlich anfangen zu sabbern, wenn sie an ihm vorbeiging.

Das musste reichen.

Zumindest würde sie ihn vor allen anderen möglichen Meuchelmördern beschützen. Darauf konnte er sich absolut verlassen.

„Wir werden uns mit Lace treffen", sagte Javier laut überlegend, während Kianoush sich hinsetzte, um das potentielle Feuerwerk beobachten zu können. „Sie wird für die Papiere und die Legende sorgen, die Hadiiye und ich benötigen werden, um an Bord der *Shangdu* zu gelangen. Dann werden Sie uns absetzen und gut versteckt und so nahe wie möglich bei dem großen Erholungsschiff bleiben, während wir einen normalen Flug hinüber nehmen, alles ausbaldowern und den nächsten Schritt unseres Gaunerstücks planen."

„Wozu der Helm, Aritza?", fragte Sykora.

Ausnahmsweise klang sie neugierig und nicht anklagend. Natürlich hing ihr Leben auch davon ab, dass sie das hier durchzogen, daher musste sie so viel wie möglich von dem wissen, was er bereit war, mit ihr zu teilen.

„Wir werden gerade ein ziemliches Ding durchgezogen haben", sagte er, zu der Frau hinauflächelnd, die seine Leibwächterin, sein Gewissen, und seine Aufpasserin werden würde. „Wir werden uns irgendwo verstecken müssen, während wir darauf warten, dass unser Hehler unser Geschäft abschließt. Ein Ort wie die *Shangdu* ist perfekt dafür. Außerdem werden wir etwas brauchen, worin wir eine unbezahlbare Antiquität der Moderne sicher verstauen können. Entweder werden sie uns Zugang zu ihrem Haupttresorraum gewähren und wir können herausfinden, wie wir ihn knacken können, oder sie hat ihre Vorgehensweise geändert und jeder hat seinen eigenen sicheren Platz, sodass wir den unserer Zielperson werden finden müssen."

„Sie?" Sykora sprach das Wort aus.

„Sie", bestätigte Javier. „Unsere Gastgeberin. Die Frau, der die *Shangdu* gehört. Die *Khatum von Altai*. Die ebenfalls den Kaiser Jianwen bewirtet. Oder was auch immer dem in modernen Zeiten am nächsten kommt."

„Jianwen?", fragte Sokolov. „Oder ist es besser, wenn ich nichts davon weiß?"

„Zhu Yunwen", wandte sich Sykora an den Captain, um zu erklären.

Javier merkte, wie ihm der Unterkiefer herunterklappte.

„Der zweite Ming-Kaiser", fuhr sie mit einem Zwinkern in Javiers Richtung fort. „Bestieg in jungen Jahren den chinesischen Thron, wurde bald von einem Onkel gestürzt und vermutlich während der Revolution oder einem daran anschließenden Feuer im Palast getötet. Gerüchte besagten immer, dass er, als Mönch verkleidet, entkommen war. Der dritte Ming-Kaiser verbrachte Jahre damit, Suchtrupps auszurüsten, um zu beweisen, dass der Mann tot war."

Javier zwang seine Augen dazu, wieder ihre normale Größe anzunehmen. Es war schmerzhaft.

Ihr Lächeln war nicht hilfreich.

„Sind wir jetzt gedungene Mörder, Navarra?", fuhr Sykora mit einem wissenden Lächeln fort.

„Nein", erwiderte er zu ihrer offensichtlichen Enttäuschung. „Wenn wir Glück haben, werden wir dem

Mann nie begegnen. Dieser Kerl floh mit dem Familienbesitz, einer Reihe persönlicher Papiere und den genetischen Aufzeichnungen, die er oder seine Nachkommen benötigen würden, um die aktuellen Herrscher daheim herauszufordern. Wir wurden dazu angeheuert, die Kiste zu zerstören oder zu stehlen, nicht, den Mann zu verletzen."

„Interessant", sagte sie. „Also latschen wir einfach so da hinein, bluffen uns durch bis zum Herz der Verschwörung und setzen uns dann mit der Beute ab?"

„So etwas ist schon vorgekommen." Kalt lächelte er sie an. „Dabei waren Sie allerdings die meiste Zeit bewusstlos."

Das brachte den düsteren Ausdruck auf ihr Gesicht zurück. Was wiederum ein Lächeln auf seines zauberte.

„Damit können Sie umgehen, Javier? Djamila?", fragte Sokolov, die Rolle der pflichtbewussten Vaterfigur spielend.

Auf der Suche nach irgendeiner Reaktion warf Sykora Javier einen Blick zu. Sie entdeckte sie und nickte in Richtung des Captains.

Javier zuckte die Achseln.

„Ich bin mir sicher, dass Laces Auftraggeber einen Vorfall mit massenhaften Verlusten wünscht", sagte er, sich härter anhörend, als er beabsichtigt hatte. „Warum sonst die Mühe, Navarra und nicht jemand pflegeleichteren anzuheuern. Ob der Mann mit dem Geld noch andere Feinde an Bord der *Shangdu* hat und die Anwesenheit seines eigenen Auftragskillers verschleiern will, weiß ich nicht. Es ist mir auch egal. Bei diesen Leuten handelt es sich um reiche, verwöhnte Aristokraten. Ich will von ihnen so unbemerkt wie möglich bleiben, sodass das hier in ein Schurkenstück für die Ewigkeit wird."

„Noch etwas, das ich wissen sollte?", fragte Sykora ihn.

„Ja", gab Javier schließlich zu. „Dies ist nicht mein erster Ausflug auf die *Shangdu*, doch der letzte liegt eine Weile zurück und niemand der Besatzung sollte sich an mich erinnern."

„Und die *Khatum*?", fuhr sie fort. „Wird sie sich an Sie erinnern?"

„Sie war auch damals schon eine Schwarze Witwe", feuerte Javier zurück. „Doch ich war zu unbedeutend, als dass sie mich bemerkt hätte."

„Navarra ist nicht unbedeutend."

„Nein, aber er hat vor, die absolute Definition von Raffinesse zu sein."

BUCH ZEHN: XANADU

TEIL EINS

JAVIER LÄCHELTE, als das Shuttle an dem großen Resort-Schiff andockte. Er war schon auf erstklassigen Schiffen geflogen, die nicht so nett waren wie die Leichter der *Shangdu*, einmal ganz abgesehen von dem Privatschiff, das für die Elite reserviert war. Wände in leuchtenden Farben. Dicke Teppiche. Sogar ein Anflug von Frühlingsduft, der durch das Luftsystem gepumpt wurde.

Der Himmel. Oder, noch wahrscheinlicher, Geld.

Er trug sein vollständiges Navarra-Kostüm inklusive des Waffengurts, doch das war hauptsächlich zum Schein. Alles andere würde die Leute nur dazu bringen, sich zu wundern. Hadiiye war ebenfalls bis an die Zähne bewaffnet, doch in ihrem Fall war sie selbst die Waffe und das sogar nackt.

Und auch wenn Sykoras Version von Hadiiyes Kostümierung nicht so sehr ablenkte wie in 'Minas Fall, würde sie doch ihren Zweck erfüllen. Javier hatte Schwierigkeiten, sich an eine Frau ihrer Größe zu erinnern, die in solch gutem körperlichen Zustand war wie sie. Jemals. Sogar die Volleyballspielerinnen an der Akademie wurden in ihren mittleren Jahren, nach einem Jahrzehnt oder so, langsam schwammig.

Nicht aber Sykora.

Sykora niemals.

Die Luke öffnete sich und der Zahlmeister erwartete sie.

Wahrscheinlich trug er einen anderen Titel. Einen wesentlich interessanteren. Trotz allem sah er immer noch aus wie ein Buchhalter.

Doch wenn das Reinvermögen deiner Passagiere mehr wog als manche Planeten, brauchte man dieses Level an professioneller Paranoia, was den eigenen Papierkram anging.

„Captain Navarra?", sagte er lächelnd und trat, die Hand ausgestreckt, näher.

Javier reichte ihm die beiden Pakete mit Reisedokumenten und einen Hundert-Kredit-Schein.

Es war keine Bestechung. Die müsste wesentlich großzügiger ausfallen, falls es Javier damit Ernst wäre.

Nein, dies war lediglich ein Trinkgeld als Vorschuss auf guten Service, gedacht für einen Mann, in dessen Macht es lag, ein absolutes Arschloch zu sein, falls er sich dazu entschied, einen nicht zu mögen.

Zahlmeister konnten so sein.

Der Bürokrat ließ seine Blicke schnell über beide Pakete huschen, verglich die körperlichen Beschreibungen und begaffte Hadiiye kurz, da ihre Nippel sich ungefähr auf seiner Augenhöhe befanden.

„Keine Waffen an Bord", stellte er einfach fest.

Javier hatte seinen Gürtel bereits abgeschnallt und in der Hand. Hadiiye war nur einen Herzschlag langsamer. Ein weiterer Mann löste sich von der Wand, um die Gürtel einzusammeln und ihnen ein Gepäckticket zu reichen. Sie würden sie wiederbekommen, wenn sie wieder gingen. Hoffentlich.

„Lassen Sie uns sehen", fuhr er fort, die Dinge

abcheckend. „Ihr Gepäck haben Sie bereits eingecheckt. Sie haben einige persönliche Sachen. Und einen Transportcontainer, der nicht dem Standard entspricht und noch inspiziert werden muss."

Javier lächelte grausam. Die Besatzung des Shuttles hielt sich beinahe unsichtbar im Hintergrund, wo sie alles arrangierte und für das Entladen vorbereitete. Desgleichen bewegte sich die Schiffscrew in dem großen luftigen Foyer hinter dem Zahlmeister.

„Wäre es möglich, ihn in einem privaten Raum inspizieren zu können, Sir?", fragte Javier leichthin.

„Das ist höchst unüblich", erwiderte der gesichtslose Bürokrat.

„Ich verstehe", sagte *Navarra* fest.

Ihre Blicke verhakten sich für einen Moment ineinander.

Soweit es geistige Wettstreite anging, war hier kaum etwas zu sehen. Und doch war es nötig, den Status als gefährlicher, wenn auch höflicher Besucher zu etablieren.

Ein Nicken.

„Folgen Sie mir."

Und er drehte sich um und ging davon.

Javier beugte sich hinab, um den großen schwarzen Behälter zu ergreifen. Es war notwendig, ihr Tarnung aufrechtzuerhalten.

Nach den Gerüchten, die Stewart Lace emsig in Umlauf brachte, hatte er den Helm gestohlen. Hadiiye war sein weiblicher Bodyguard, nicht seine Mätresse.

Javier hatte in Betracht gezogen, ein Besatzungsmitglied mitzunehmen, um die Rolle des persönlichen Assistenten und Mädchen für alles zu spielen, doch es gab eigentlich niemanden mit dem entsprechenden schauspielerischen Talent, der diese Aufgabe erfüllen konnte: nicht auf lange Sicht und stets in der Rolle bleibend.

Das würde er demnächst einmal korrigieren müssen.

Besonders falls sie den Ruf erlangten, Gaunereien wie diese durchzuführen.

Vielleicht würde er seine eigene Crew von Kleinkriminellen benötigen. Nein, dazu müssten sie die Choreografie der großen Bollywood-Produktionen erlernen. Ich meine, wenn man es schon tat, warum sich mit Kleinigkeiten abgeben?

Vielleicht müsste er nur klein anfangen und dann ein paar Leute finden, die tanzen konnten.

Das Büro, in dem die Untersuchung durchgeführt werden sollte, fühlte sich an wie eine dieser kleinen Kisten, in denen die Bullen Ladendiebe einsperrten, während sie alle anderen befragten und jemanden zum Schwitzen bringen wollten. Klaustrophobisch. Industriell. Banal.

Erwartungsvoll nahm der Zahlmeister den ihm offensichtlich zustehenden Platz auf der anderen Seite des kleinen Tisches ein.

Javier lächelte, als er die Kiste auf den Tisch stellte und die sechs Verschlüsse aufspringen ließ, die den Deckel verschlossen. Er hielt inne, um sein eigenes Paar weißer Handschuhe aus der Tasche zu nehmen und sie anzuziehen, bevor er den strahlenden Helm hervorzog und hochhielt.

„Oh, mein Gott", war die Reaktion des Bürokraten.

Er beugte sich vor, um ihn aus einer solchen Nähe zu betrachten, dass sich Nebel auf dem Platin bildete, bevor er sich wieder sich wieder aufrichtete und Javier kritisch begutachtete.

„Ich verstehe", fuhr er fort. „Und der Zweck Ihres Aufenthalts auf der *Shangdu* geht über reine Erholung und Entspannung hinaus?"

„In der Tat", grinste Javier zurück. „Mit unserer Ankunft kontaktiert unser Verbindungsmann den Verbindungsmann der anderen und arrangiert das Eintreffen des Käufers an Bord, wo er die Zahlung vor- und seine Trophäe in Empfang nimmt. Alle sind sich darüber einig, dass dies hier einer der sichersten Orte in der Galaxis für solch eine Transaktion ist. Gewissermaßen ein neutraler Ort."

„Sehr gut", sagte der Mann, zog ihren Papierkram hervor und stempelte ihn ab. „Wird es Ihnen möglich sein, uns zu informieren, wann der Käufer eintrifft?"

Javier zuckte vieldeutig die Achseln.

„Das liegt außerhalb meiner Einflussmöglichkeit, Sir", sagt er mit dem genau richtigen Maß an Nonchalance. „Ich werde Sie so viel wissen lassen, wie ich darf. Soweit ich es verstanden habe, werden Ihre Systeme dieses Paket sicher aufbewahren können, während wir warten? Gegen Bezahlung natürlich."

Der Zahlmeister fixierte ihn mit einem harten Blick, doch Javier war zuversichtlich, dass seine Tarnung einer Überprüfung standhalten würde. Andernfalls hätten sie bereits alle Löcher darin gefunden und ihn einfach nicht an Bord gelassen.

„Ich werde mich danach erkundigen", erwiderte der Mann, offensichtlich zufriedengestellt, nach einer ganzen Weile.

„Ich danke Ihnen", Javier lächelte sein bestes *Navarra*-Lächeln.

„Sehr schön."

Und dann war der Zahlmeister verschwunden und ließ Navarra und Hadiiye allein zurück.

Sie untersuchte die Ränder der Decke mit professioneller Aufmerksamkeit, um sich zu vergewissern, dass sie zu einem gewissen Grad überwacht wurden, so lange sie sich an Bord befanden.

Nun mussten sie beiden nur noch jede einzelne Person an Bord des Schiffes an der Nase herumführen.

Eine Kleinigkeit.

TEIL ZWEI

DIE SUITE, in der sich Javier wenig später wiederfand, war umwerfend. Eigentlich hätten sie die Wände auch gleich mit Geld bedecken können, doch das wäre dem Ganzen nicht gerecht geworden. Stewart Laces Geld sorgte dafür, dass sie an einem Ort untergebracht wurden, der die besten Aspekte einer Jagdhütte in sich vereinte: dunkles Holz und Erdtöne; zusammen mit der zerbrechlichen Eleganz eines hochklassigen Bordells in dem man den Kredit des Besuchers überprüfte, bevor man ihm eine Einladung zukommen ließ.

Javier war sich ziemlich sicher, dass es einen Namen für solch eine Unterbringung gab, doch er war nie reich oder verzweifelt genug gewesen, dass er viele Gedanken darauf verschwendet hatte.

Die Eingangstür öffnete sich zu einem langen Flur mit einer Einbauküche und einem Bad auf der einen und zwei Schlafzimmern auf der anderen Seite. Da Sykora seine Leibwächterin und nicht seine Geliebte war, würden sie dort schlafen. Javier erschauerte kurz bei dem Gedanken daran, ein Bett mit der Dragonerin teilen zu müssen.

Mit der Schwarzen Witwe.

Am Ende des Flurs erstreckte sich ein Salon, der aus keinem anderen Grund aus drei Ebenen bestand als dem, einen abgesenkten Mittelbereich mit einer erhöhten Plattform auf einer Seite zu erzeugen. Sein eigenes Schlafgemach lag jenseits davon und hatte ein Bett, das groß genug war, unfallfrei eine kleine Orgie zu feiern, sowie eine Badewanne, die locker gleichzeitig drei traulich vereinte Leute aufnehmen konnte. Trotzdem war er sich sicher, dass seine Privatsphäre gewährleistet war.

Wenn man von der Gästeliste ausging, war Javier davon überzeugt, dass die *Khatum* die Suiten nicht elektronisch überwachte. Hier gingen zu viele Geschäfte und mitternächtliche Stelldicheins vor, die niemand für die Nachwelt würde aufnehmen wollen.

Er und Sykora begnügten sich mit einer schnellen, zackigen Überprüfung mithilfe eines Paars tragbarer Scanner, die er für diese Gelegenheit justiert hatte. Außerdem hatte er Suvi mitgebracht.

„Was ist dieses Ding eigentlich?", fragte Sykora und deutete darauf, als Javier den kleineren Fernlenksensor hervorzog und in die Luft warf.

Das Verbot von Waffen an Bord hatte zur Folge, dass Suvi nicht ihre größere und bewaffnete Hülle fliegen konnte. Es wäre natürlich schön gewesen, einen zweiten Bodyguard dabei zu haben, doch das Risiko war zu groß.

Sie hatte rumgezickt, doch letztendlich zugestimmt, in ihre winzige Grapefruit zurückzukehren, nachdem Javier einen kleinen Memory-Prozessor an ihrem Aufladering angebracht und diesen mit genug Büchern, Musik und Videos gefällt hatte, um sie ein paar Monate lang zu unterhalten.

„Bevor Ihre Leute mein Sondierungsschiff kaltgemacht habt, musste ich gelegentlich die Programmierung der Bewusstseinseinheit modifizieren", erwiderte Javier mit angespannter, wütender Stimme. „Ich weiß immer noch, wie das geht. Daher war es mir möglich, diese Sonde effektiver zu machen."

Suvi würde zuhören. Und grimmig sein. Doch sie verstand die Situation.

Javier beobachtete, wie das elfengleiche Schiff seiner Begleiterin an Ort und Stelle knapp unterhalb der Decke schwebte und den Raum mit Laser und Schallimpuls abtastete, von dem er letzteren bis in seine Rippen spüren konnte. Suvi bewegte sich mit Bedacht und scannte jeden der anderen Räume, während sie zusahen, wobei sie sich stets mit der Vorsicht eines zerbrechlichen alten Mannes bewegte und nicht, wie sonst üblich, mit einer Geschwindigkeit, die einen Schal im Wind flattern lassen würde.

„Wie intelligent ist dieses Ding eigentlich?", forschte Sykora nach.

„Gar nicht", feuerte er die Lüge, die Sykora nie erkennen würde, zurück. „Ich bin es nur müde geworden, alles von Hand machen zu müssen, daher habe ich angefangen, einen Teil der Funktionen zu automatisieren. Scannen. Sicherheit der Umgebung. All solche Dinge. Sie und ich sind als Freunde einprogrammiert. Normalerweise wir es auf seiner Dockingstation sitzen und vortäuschen, ein eigenartiges Kunstobjekt zu sein, aber wir werden Bescheid wissen, wenn jemand in unserer Abwesenheit hier war. Ich hätte die bewaffnete Version mitgebracht, aber die hätten sie nie an Bord erlaubt. Doch dies wird für meine Zwecke ausreichen."

„Okay", sagte sie.

Sykora schien sich zu entspannen. Ein wenig. Soweit sie das je tat. Javier wartete weiter darauf, dass sie sich rührte oder etwas in der Art.

Stattdessen überraschte sie ihn damit, dass sie in die zentrale Vertiefung trat und ihren großgewachsenen Körper in einem der gemütlichen Sessel ausstreckte, wobei sie ihre

Beine an den Knöcheln übereinanderlegte und zu ihm hinauf lächelte.

„Und was nun?", fragte sie unschuldig.

Javier rang darum, auf ihr Verhalten, das so gänzlich uncharakteristisch war, nicht mit einem Starren zu reagieren.

Dann dämmerte ihm, dass sie das bewusst tat, nur um ihn zu provozieren.

Wie Kinder, die auf einem langen Ausflug im hinteren Teil des Wagens saßen und sich gegenseitig schubsten, damit der jeweils andere Ärger mit den Eltern bekam.

Das war so nah an einer Standardeinstellung, wie es in ihrer Beziehung zueinander je sein konnte.

Damit konnte er arbeiten.

Javier entschied sich, mitzuspielen, und nahm einen Platz am anderen Ende der großen Couch ein, wobei er beinahe in den weichen Kissen versank, als er sich niederließ. Damit saß er ihr beinahe exakt auf der anderen Seite des Runds gegenüber.

„Wir müssen uns über Mode unterhalten", sagte Javier mit einem Lächeln.

Er wurde damit belohnt zu sehen, wie sie dagegen ankämpfte, mit den Augen zu rollen. Er war sich nicht sicher, dass sie der Versuchung würde widerstehen können, nicht einmal in der Privatsphäre ihrer eigenen Suite.

„Wunderbar", sagte sie schließlich. „Mode. Fangen Sie an."

„Das Wasser im See ist sauber, weil sie ihn zum großen Teil mit einer Vielzahl von Baum- und Pflanzenarten bepflanzt haben, sowohl um das Wasser rein zu erhalten, als auch, damit es hübsch aussieht", begann er. „Man kann schwimmen, segeln, sich sonnen oder spielen, und man braucht keine Schuhe oder Ähnliches. Abhängig von der Moral auf der jeweiligen Heimatwelt der Besucher kann die

Kleidung aus allem bestehen, von Ganzkörperkleidung bis zu Nichts."

„Ich habe keine Bräunungsstreifen". Sie fixierte ihn mit einem herausfordernden Blick. „In *Neu Berne* würde man entweder vollständig bekleidet sein oder, abhängig von der Gesellschaft, in der man sich befindet, *au naturel.*"

„Hier werden hoffentlich alle Fremde bleiben", erwiderte Javier. „Trotz allem stellt die Kleidung eine Herausforderung dar. Wir können sie uns einfach nicht leisten."

„Was soll das heißen?", fragte sie, wobei sich so weit nach vorn lehnte, dass sie ihm ihre Aufmerksamkeit signalisierte.

„Die Frauen hier werden, aus keinem anderen Grund, als andere zu verletzen und ihre pekuniären Möglichkeiten zu unterstreichen, vor allem einteilige Anzüge tragen, die üblicherweise von elitären Modedesignern entworfen worden sind", begann er.

„Okay."

„Hadiiye muss klar sein, dass der Preis für diese Anzüge bei eintausend Krediten beginnt und von da an richtig teuer wird."

„Was?"

Sie schrie nicht auf, nur beinahe.

Nun hatte er ihre volle Aufmerksamkeit, daher zuckte er lediglich die Achseln.

„So, wie wir es besprochen haben, werden Sie entweder ein einfaches Kleidungsstück tragen, das locker um Ihre Hüften geschlungen ist, oder ein Bikiniunterteil, das so geschnitten ist, dass es Ihren Hintern bedeckt, wenn Sie sitzen, und den Sand von Ihren sensiblen Stellen fernhält. Wir sind nicht hier, um uns mit diesen Leuten zu messen. Was jede Art Badeanzug andeuten würde."

Sykora lehnte sich zurück und sah ihn nachdenklich an. Nach einem Moment nickte sie.

„Wenn wir uns nicht in ihrer soziökonomischen Klasse

befinden", sagte Javier, „dann sind wir lediglich arme Verwandte, die das erste Mal in die große Stadt kommen. Ich habe kein Problem damit, dass man mich bei diesem Job für ein Landei hält."

„Weil die Anderen dann keine Ahnung haben werden, wie gefährlich Sie wirklich sind", antwortete sie überraschend. „Oder Navarra."

„Hoffentlich hat niemand von ihnen von der *Salekhard* gehört", erwiderte er. „Sodass es ihnen egal sein wird, wer wir sind."

Ein Klopfen an der Tür unterbrach sie.

Javier atmete tief ein und setzte sein Schauspielgesicht auf.

Jetzt würde es interessant werden.

TEIL DREI

SCHAUSPIELEREI WAR nichts Natürliches für Djamila Sykora.

Das wusste sie. Sie erkannte an, dass sie niemals das erstaunliche Charisma und die Lockerheit aufbringen würde, die Wilhelmina in ihrer Rolle an den Tag gelegt hatte.

Oder Aritza, doch nach einem Jahr, das sie in der Nähe dieses Mannes verbracht hatte, war sie sich sicher, dass noch niemand den wahren Javier Aritza kennengelernt hatte. Dass er sich jahrelang nicht gezeigt hatte. Wenn überhaupt jemals.

Es war interessant, ihn beim Gehen zu beobachten, wie er den schweren Behälter trug und demselben Bürokraten folgte, der sie in Empfang genommen hatte.

Aritza sah aus wie ein Pirat.

Sie verabscheute den Mann noch immer, doch sie konnte die Professionalität anerkennen, die er, wenn er wollte, bei einem Job an den Tag legte.

Wenn sie ihn nur dazu bringen könnte, sich immer so zu verhalten, anstatt nur dann, wenn ihm danach war. Damit würde er sich vielleicht sogar in etwas Nützliches verwandeln.

Allerdings bezweifelte sie das.

Doch sie konnte die Rolle der großen, einschüchternden Frau spielen. Die Art, die bereit war, einem, der zu nah kam oder zu frech wurde, in den Arsch zu treten.

Oder die es tat, bloß, weil sie es konnte.

Sie besaß fünfundzwanzig Jahre Erfahrung darin, bis sie schließlich größer als jeder Mann geworden war, der nicht mit ihr blutsverwandt war. Schlussendlich hatten alle gelernt, ein *Nein* von ihr als Antwort zu akzeptieren.

Jawohl, sie konnte das durchziehen.

Diese eigenartige, ruhige und tödliche Person zu sein. Geschmeidig bedrohlich zu schleichen, anstatt in steifem Rhythmus zu marschieren. Wie eine große Katze zu laufen, anstatt wie ein Schlachtross.

Djamila nahm die Welt nun mit den Augen wahr, von denen sie annahm, dass Wilhelmina sie Hadiiye verliehen hatte. Beurteilung von Bedrohungen. Taktische Manöver. Personenschutz.

Doch auch noch etwas anderes. Etwas Neues.

Gerade noch eingedämmte Gewalt, doch von der Art, die mit spöttischem Lachen einherging. Wilhelmina hatte es ihr einmal erklärt. Wie man Gelächter als Waffe gegen stolze Männer einsetzte. Besonders von ihrer großen Höhe aus.

Dr. Teague hatte das erreicht, indem sie zusätzliche Sohlen zu ihren Kampfstiefeln hinzugefügt hatte, was sie über die Größe der meisten Männer hinauswachsen ließ, sodass sie subtil auf sie hinunterblicken konnte.

Mit dieser unglaublichen Größe war sich Djamila immer wie ein Oger vorgekommen. Teague hatte ihr gezeigt, wie sie stattdessen eine Göttin sein konnte.

Die Befreiung war verführerisch. Vielleicht sogar süchtig machend.

Eine komplett neue Art, gefährlich zu sein.

Sie kam wieder zu sich, als sie die größere Kammer betraten.

Djamila hatte keinen Tagtraum gehabt, doch sie war gerade auch nicht auf ihrem normalen Level nervöser Paranoia in einer gefährlichen Situation. Sie befanden sich auf neutralem Boden, wie Aritza gesagt hatte, und waren von Leuten umgeben, die keinen Grund hatten, sie als Bedrohung zu betrachten. Trotzdem war es an der Zeit, aufmerksam zu sein.

Die letzte Tür, durch die sie getreten waren, fühlte sich an wie die Art Luftschleusen, die normalerweise die Maschinenräume vom Rest eines jeden ordentlich gebauten Schiffes trennten.

Nun fand sie sich in einer üppig ausgestatteten Lounge wieder. Vielleicht die Lobby einer sehr exklusiven Bank.

Weiche Bänke und Sessel, die mit einem üppigen rotbraunen Stoff bezogen waren. Holztäfelung. Ölgemälde an den Wänden und kleine Statuen auf Sockeln. Hochflorige graue Teppiche überall.

Eine Frau trat aus einer getarnten Seitentür. Eine von vielen solcher Türen, die sorgfältig vom guten Innendesign verborgen wurden.

Hinter wie vielen von ihnen steckten wohl Wachen?

Hadiiye übernahm jetzt und schätzte die neue Frau in ihrer Funktion als Navarras Leibwächterin ab.

Hochgewachsen für eine Frau, aber schlank, mit langem, wasserstoffblondem Haar. Auf dezente Weise extrem gut gekleidet. Vielleicht sogar elegant.

Wenn der Mann, der sie hierhergeführt hatte, ein Bürokrat war, war die neue Frau eine Bankerin von der Sorte, die mit Frauen Geschäfte machte, die Tausend-Kredite-Badeanzüge trugen. Der Gedanke zauberte beinahe ein Lächeln auf Hadiiyes Lippen.

Dann ging ihr auf, wo sie sich befand, wer sie war, und sie grinste wie eine Katze.

Etwas davon übertrug sich auf die Fremde, die gerade

lange genug zu ihr aufsah, um ihr den Hauch eines Lächelns zu schenken, bevor sie ihre Aufmerksamkeit und ihren Charme wieder dem Piraten zwischen ihnen zukommen ließ. Der Bürokrat hatte sie nicht in den Raum begleitet.

„Wenn ich es richtig verstanden habe, gehört Ihr Sicherheitsdienst zu den besten, die es gibt", knurrte Navarra in dem kreissägeartigen Kratzen, das er als Stimme benutzte. In einer starken Hand hielt er die Kiste mit Leichtigkeit nach oben. „Können Sie dies hier sicher verstauen?"

Die Frau bestand nun zur Gänze aus einem Lächeln. Weich, doch nicht passiv. Einem starken Mann und seinem Verlangen unausgesprochen, doch nicht weniger sinnlich entgegenkommend.

Es war interessant, die Situation so wahrzunehmen, wie Wilhelmina es vielleicht getan hätte.

Hatte sie geahnt, dass Djamila irgendwann in der Zukunft Hadiiye würde spielen müssen? Einige dieser Beobachtungen, ihre Unterhaltungen, ergaben in einem anderen Kontext keinen Sinn, doch hier taten sie es.

Dr. Teague hatte nicht nur erklärt, wie sie Djamila gerettet hatte, sondern auch, wie sie jemand anderes geworden war und die Haut dieser Person übergestreift und durch ihre Augen gesehen hatte.

Wie man sich an Kindheitsgeschichten über Prinzessinnen und Drachen erinnerte.

„Nun, Captain Navarra", schnurrte die fremde Bankerin verführerisch, „ich werde sehen müssen, was Sie anzubieten haben, doch ich bin mir sicher, dass wir einen Ort finden können, an dem wir es unterbringen können."

Djamila blinzelte, als sie den Ton der Frau hörte, fasste sich wieder und blieb in ihrer Rolle.

Aritza war ein beeindruckender Mann, selbst wenn er einen Piraten spielte. Attraktiv und charmant, wenn er es sein wollte. Durchschnittliche Größe, aber in extrem guter körperlicher Verfassung. Er erfüllte nicht Djamilas Standards, doch welcher Mann tat das schon? Dunkler Teint und ein bisschen zu haarig, aber intellektuell und scharfsinnig.

Sie nahm an, dass manche Frauen das faszinierend finden würden.

Die Art, auf die Aritza die Frau ungezügelt angrinste, half auch nicht weiter.

„Haben Sie irgendwo etwas mehr Privatsphäre?", fragte er. „Ich könnte es Ihnen zeigen."

Erneut blickte die Frau fragend zu Hadiiye auf. Djamila fühlte sich beinahe beleidigt durch die mitschwingende Implikation, begriff dann jedoch, dass sie subtil um Erlaubnis bat.

Was haben Sie mit mir gemacht, Doktor Teague? Das wäre mir vor sechs Monaten nicht einmal aufgefallen.

Djamila zuckte mit ihren Augen und ihren Wangen. Ein Bodyguard ließ sich weder physisch noch emotional mit seinem Schutzbefohlenen ein. Auf diese Weise war es für sie die perfekte Tarnung, sich in Aritzas Nähe aufzuhalten.

„Meine Leibwächterin kann hier warten", fuhr Javier fort. „Ich werde einmal davon ausgehen, dass wir sicher sind."

Die Bankerin nickte.

„Kann ich Ihnen etwas zu trinken anbieten, während Sie warten?", fragte sie Djamila, nun wieder ganz professionell und zuvorkommend und nicht länger eventuell gegen das Besitzrecht einer anderen Frau verstoßend.

„Tee wäre wunderbar", erwiderte Hadiiye langsam und mit dunkler Stimme. „Schwarz und heiß. Mit einem Bisschen Sahne und zwei Stücken Zucker, wenn möglich."

Service mit Professionalismus und einem Lächeln. Die Frau führte sie zu einem Sessel in der Ecke, von dem aus sie einen guten Blick in alle Richtungen hatte. Er war von der

Art, die komfortabel war, dies jedoch nicht auf übertriebene Weise.

Vielleicht war es nur der Platz für Bodyguards, auf dem sie warten konnten, während ihr Auftraggeber seine Geschäfte nicht weit entfernt abschloss. Fast augenblicklich erschien eine weitere Frau, die in absolutem Schweigen Tee servierte und dann wieder verschwand.

Djamila machte es sich gemütlich und begann mit Dehnungsübungen, die an ihren einzelnen Zehen begannen, woraufhin sie sich, Muskelgruppe für Muskelgruppe, an ihrem Körper hinaufarbeitete. Nicht ganz Meditation. Oder gar Yoga.

So hielt man den Körper locker und den Geist auf Trab.

Elf Minuten vergingen.

Navarra und die Bankerin traten durch die Tür am anderen Ende des Raumes, vermutlich durch die, welche direkt zu einem Tresorraum oder einem kleinen Zimmer mit kleinen individuellen Schließfächern führte. Die schwarze Kiste mit Budays Helm war nicht mehr da.

Djamila ging zu ihnen und inspizierte die beiden mithilfe ihrer Nase.

An Aritza hing das Parfüm der Frau auf eine Weise, die nur durch einen kurzen gemeinsamen Aufenthalt im gleichen Raum nicht möglich gewesen wäre. Gleichzeitig bedeckte keinen von ihnen die Sorte verschwitzten Moschusdufts, die auf ein kleines Nümmerchen in einer Seitenkammer hätte schließen lassen. Sie hatten sich auch keine Zeit für eine schnelle Dusche danach genommen, nicht mal für eine mit Schallimpuls. Die hätte auch ihr Parfüm entfernt.

Also war es allerhöchstens zu einem schnellen Fummeln und Rumknutschen an einem abgeschlossenen Ort gekommen. Alles ein Teil der Rolle.

Sie war nicht eifersüchtig. Während ihrer Pflichten als Dragonerin hatte sie seine amourösen Eskapaden auf dem

Schiff genau im Auge behalten, hauptsächlich wegen des potentiellen Sicherheitsrisikos. Nichts an diesem Mann hatte darauf schließen lassen, dass von ihm eine Gefahr für irgendeine der Frauen ausging, mit denen er gelegentlich im Bett landete. Und sie waren alle erwachsen.

Nein, was sie spürte, war der winzigste Hauch von Eifersucht aufgrund der zwanglosen Leichtigkeit der ganzen Angelegenheit. Einfach so mit einer komplett Fremden in eine Privatsuite zu gehen und so mit ihr zu flirten, dass letztendlich ihr Parfüm in seiner Kleidung hing.

In *Neu Berne* machte man das nicht so.

Sie bezweifelte, dass er es tat, um ihr unter die Haut zu gehen. Es war einfach Aritzas Art. Charmant, selbstsicher und aufgeschlossen genug, es zuzulassen, dass sich eine Frau an ihn heranmachte und dabei dachte, es sei ihre Idee gewesen.

Erneut rollte Djamila beinahe mit den Augen. Hoffentlich würden sich, wenn die Bankerin später in Javiers Suite kam, die Wände als gut genug isoliert herausstellen, damit sie zu ihrem Schlaf kam.

Sie beobachtete, wie Navarra sich über die Hand der Frau beugte und deren Rücken auf altmodische, höfische Art und Weise küsste.

Die beiden funkelten fast vor gerade noch unterdrückter Lust, bevor sie sich trennten. Djamila folgte Aritza durch die Tür, wobei sie sich auf dem ganzen Weg dorthin bemühte, sich wegen der Schmalzigkeit der Situation nicht zu übergeben.

Sieben Minuten später waren sie zurück in ihrer Suite.

Nachdem die Tür hinter ihr ins Schloss gefallen war, ging Djamila für einen Moment, in Rührt-euch-Stellung, schlug dann alle Bedenken in den Wind und ließ sich wieder in dem Sessel nieder, den sie bereits zuvor als den ihren beansprucht hatte.

Javier folgte in ihrem Windschatten und endete wieder auf der Couch. Es war eine hübsche Metapher.

„Es ist früh, wenn wir vom Schiffstag ausgehen", begann er. „Auch wenn es nach unserem persönlichen Tagesempfinden spät ist. Ich glaube, wir sollten nun, da die Kiste in Sicherheit ist, hinuntergehen und den Strand erkunden."

Djamila überdachte ihre Worte und lächelte ihn kurz höhnisch an.

„Sie wollen mich nur nackt sehen", sagte sie.

„Nicht *nur*", erwiderte er mit kurz aufflammender Lüsternheit. „Nennen Sie es einen der Vorteile des Jobs."

Sie zog in Erwägung, ihm eine zu verpassen. Sie zog in Erwägung, ihn zu hassen. Er kannte die Kultur von *Neu Berne* einfach zu gut.

Er hatte nicht geschwindelt.

Nein, nicht *nur*.

Doch zu diesem Zeitpunkt hatte sie nicht nur A, sondern auch bereits B gesagt.

Nichts, was dieser Mann tat, würde ihren Willen brechen können.

TEIL VIER

SIE HATTE IHM WIRKLICH GEZEIGT, dass er sich irrte.

Javier konnte sehen, dass er diese gefährliche Frau neu würde beurteilen müssen. Mal wieder.

Djamila ragte vor ihm im „Rührt euch" auf, ganz wie ein Veteranin, die auf das Ende der wöchentlichen Inspektion wartete, damit sie zu dem zurückkehren konnte, was sie getan hatte, bevor irgendein Idiot von einem Offizier aufgetaucht war.

Wie er trug sie nur ein leichtes, oberschenkellanges Tuch, das locker um ihre Hüften geschlungen war. Ihres war an der rechten Seite, gerade vor der Spitze ihres Hüftknochens, mit einer Klammer verschlossen und verdeckte dabei genauso viel, wie es beim Gehen enthüllte.

Da er keine Grundlage für einen Vergleich zu vorher besaß, wusste Javier nicht, ob das Fehlen von Haaren an ihren Beinen etwas Neues war oder ihr persönlicher Körperpflegestandard, doch ihre langen, bronzefarbenen Beine waren so glatt wie Glas und nur von alten Narben gezeichnet: Kerben und Stiche und Verbrennungen, die sie nur umso eindrucksvoller wirken ließen.

Weder waren ihre Hüften so weich wie 'Minas, noch war ihre Taille so wespengleich. Doch Teague hatte nie in ihrem Leben ein Achterpack auf ihrem Bauch gehabt. Sykoras relativ kleine Brüste besaßen die Art straffer Härte, die von einem Übermaß an morgendlichen Liegestützen herrührt. Wesentlich uninteressanter als die 'Minas, doch immer noch sehr beeindruckend.

Javier wusste, dass die Frau Probleme mit ihrem Körper hatte. Wenn man sie ansah, konnte man das nicht verstehen, es sei denn, man kam wegen der harten Arbeit darauf, die sie jeden Tag investierte, um so auszusehen. Doch sie wäre in dieser Situation eine fast genauso gut Ablenkung, wie es Wilhelmina gewesen wäre.

Es gab nun einmal nirgendwo in der Galaxis viele Frauen, die auch nur annähernd so eindrucksvoll gewesen wären.

Javier trug ein identisches Tuch, das auf der linken Seite zugeklammert war. Er trainierte üblicherweise und war in guter körperlicher Verfassung für einen Raumfahrer in den frühen Vierzigern, doch niemand spielte in Sykoras Liga. Außerdem waren seine Beine, Arme und Brust so haarig wie die ihren glatt waren.

Wenigstens war bisher noch keines davon grau.

Sie begutachtete ihn mit einem Blick gelangweilter Geringschätzung, den sie sich von 'Mina abgeguckt haben musste, als sie von der kleineren Frau gelernt hatte, wie man sich auf aufreizende Weise fortbewegte. Javier grinste sie unverblümt frech an und gab ihr mit einem Nicken zu verstehen, dass sie vor ihm hergehen sollte.

Draußen auf den Gängen herrschte tatsächlich früher örtlicher Tag, der sich vermutlich nach der Zeit in *Altais* Hauptstadt richtete. Die Reisenden lagen wahrscheinlich noch in ihren Betten, da die einzigen Menschen, die sie sahen, in die hellbraunen Hosen und grünen Hemden des

Personals gekleidet waren, die sich stark vom harten Grau der technischen Besatzung unterschied.

Nach ein paar Minuten bogen sie um eine Ecke und schritten durch eine weitere überdimensionale Luftschleuse in etwas, das wie eine Art Umkleide mit Toiletten, Duschen und noch mehr hilfreichem Personal wirkte.

Noch eine kleine Luftschleuse weiter, und Javier spürte warmen Sand zwischen seinen Zehen, die Sonne erhob sich langsam dort, wo offiziell Osten lag, und eine Morgenbrise wehte von links nach rechts. Nicht einmal zehn Meter entfernt, Wellen.

Und keine einzige verdammte Möwe weit und breit.

„Was ist das?" Eine Stimme riss ihn aus seinen glücklichen Träumen.

Ihre Stimme. Sykoras.

Wenigstens klang es nach Neugier und nicht nach Groll. Zumindest, soweit er das sagen konnte.

Ein gigantischer Ast streckte sich über seine Schulter und nach vorn. Es dauerte einen Augenblick, bis er ihren Arm als solchen identifiziert hatte. Sie deutete auf einen Punkt in der Mitte des Raumes.

Eines monumental großen Raumes.

„Shangri-La", erwiderte er. „Eine Privatinsel, nur für geladene Gäste und sehr private Partys. Kein Ort, an den ich will. Und Sie auch nicht."

„Ha", antwortete sie unverbindlich. „Es wäre leicht, dorthin zu schwimmen."

„Sicher", sagte er. „Das ist sechshundert Meter von hier entfernt. Weniger, wenn Sie die kürzere Verbindung erwischen. Ich lege es nicht darauf an, so bald von diesem Schiff geworfen zu werden."

„Okay, was machen wir dann jetzt?", fragte sie.

Javier ignorierte die Frau und ging zwanzig oder vierzig Meter weiter, überquerte ein paar Dünen und Seegras, bis er den richtigen Platz fand, der nicht zu weit vom Wasser entfernt lag und etwas privater war, da die Dünen ein kleines Amphitheater bildeten.

Perfekt.

Javier öffnete sein Handtuch, breitete es aus und legte sich hin, um etwas frühmorgendliche Sonne abzubekommen. Von Natur aus war er vielleicht wesentlich dunkler als Sykora, doch bei seiner Bräune bestand noch ein wenig Nachholbedarf.

„Hey, was mache ich jetzt?", fragte sie erneut, als er die Augen schloss.

Javier öffnete sie wieder. Von hier aus gesehen, war sie einen Kilometer groß.

„Bewachen Sie meinen Leib", erwiderte er. „Falls Sie denken, dass es eine Meerjungfrau auf mich abgesehen hat. Sonnenbaden vielleicht. Ein Nickerchen machen? Oder schwimmen Sie ein bisschen. Ganz wie Sie wollen."

Wie eine wunderbare Erscheinung, wieder wie Athene auf dem Olymp, starrte sie auf ihn herab. Für einen Augenblick dachte er wirklich, die Dragonerin würde ihn auf dem leeren Strand tatsächlich lehrbuchmäßig angreifen, doch sie ließ ihr Handtuch neben ihm fallen, schob das Kinn unhöflich in seine Richtung und raste hinaus in die Brandung.

Aphrodite im Rücklauf, die unter den Wellen verschwand.

„Nun", drang eine neue Stimme nach ein paar Herzschlägen in sein Bewusstsein, „sollte ich das als Vertrauensbeweis gegenüber der Kompetenz meines Personals betrachten? Oder als Unverschämtheit des Ihren?"

Javiers Augen schnappten auf und fanden eine Frau vor, die unvermittelt auf seiner anderen Seite stand und ihn mild angrinste.

Wie Sykora hatte die Fremde heute Morgen nur ein

Wickeltuch angelegt. Ihr Körper war nicht so hart und muskulös wie der der Dragonerin, doch das ließ trotzdem eine Menge Platz für ein erstaunliches Körpervolumen, das sie wie Jasmin ausfüllte. Sogar 'Mina hätte zwischen ihnen nur einen abgeschlagenen dritten Platz belegt.

Ihre Haut war nicht so dunkel wie die Javiers und besaß einen prächtigeren goldenen Ton, wo die seiner Bräune zu Ocker tendierte. Ihr Haar war lang und schwarz und hing glatt bis beinahe zu ihrem Po hinunter. Ihre Augen waren von einem feenhaften Grün.

Umwerfend. Absolut umwerfend.

Und das wusste sie auch. Strahlte es auf jedem Kanal aus.

„Beides, Eure Gnaden", sagte Javier gleichmütig nach einem Moment anerkennenden Betrachtens.

In seinem Kopf warf er eine Münze und entschied sich dann, in horizontaler Stellung zu bleiben, zumindest, bis sie etwas dazu sagte.

„Sie wissen, wer ich bin?", erkundigte sie sich kokett.

„Ich belege eines Ihrer Gästezimmer", sagte er. „Da ist es immer besser, wenn man weiß, wer die Gastgeberin ist."

„Ich verstehe", sagte sie.

Sie hakte ihr Wickeltuch auf und legte es neben ihn, ließ sich fallen und faltete ihren Körper in die perfekte Lotusstellung, wobei sie so nah bei ihm saß, dass er die Hitze spüren konnte, die von ihren Knien ausging, und das Kokosnussöl riechen konnte, das sie in den letzten Stunden auf ihren Beinen verrieben hatte.

„Sie sind Navarra", erklärte sie mit ruhiger, sicherer Stimme. „Der Pirat."

Javier erlebte einen Moment reiner Panik.

Vielleicht war diese Frau mit jemandem aus Tamaz' Besatzung befreundet gewesen. Vielleicht war er ein toter Mann und gerade seiner Henkerin begegnet.

Er studierte ihr Gesicht mit einem Seitenblick, ließ seinen Blick über sie wandern und hie und da verweilen.

Eine Schwarze Witwe war die andere Option.

Nicht notwendigerweise die von ihm bevorzugte, doch Gedanken bezüglich Verurteilter und ihrer letzten Mahlzeit stahlen sich in seinen Kopf.

In seinem Innern knurrte Navarra, sodass Javier dem Mann das Steuer überließ.

„Und?", fragte er rau.

„Sind Sie ein Killer, Navarra?", fragte sie. „Oder lediglich ein Dieb?"

„Oder?", fragte er mit rostiger, gezackter Schärfe in seiner Stimme.

Er wandte den Kopf, um sie direkter ansehen zu können. Sie lächelte boshaft.

„Sie haben den Gentleman, Galgenstrick und Falschspieler vergessen", sagte Javier in einem leichteren Tonfall und stieß den Killer zurück in die Schatten seines Geistes. „Außerdem tanze ich recht annehmbar argentinischen Tango."

„Tun Sie das?", schnurrte sie. „Tango? Es kann hier ziemlich schwer sein, einen Mann zu finden, der bereit ist, sich auf den Rhythmus einzulassen, und der sich gleichzeitig wohl genug dabei fühlt, einer Frau die Führung beim Improvisieren zu überlassen. Der versteht, dass man manchmal auch außerhalb der Linien malen muss."

Javier lächelte knapp und zuckte die Achseln.

Sie war in der Tat eine Schwarze Witwe.

Sie beugte sich ein Stück nach vorn. Nicht genug, um die Strahlen der Pseudo-Sonne zu blockieren, doch so weit, dass sie ihn nun leicht überragte.

„Sind Sie hier, um jemanden zu töten, Captain Navarra?", schnurrte sie.

Javier grinste zu ihr hinauf.

„Nicht wirklich", gab er zu. „Das hier ist vermutlich die einzige Gelegenheit, bei der ich Urlaub mache und niemand sterben muss."

„Muss?" Sie ließ verbalen Honig auf seine Brust tropfen.

„Es gibt immer faule Äpfel, *Khatum*." Er merkte, wie sein Lächeln härter wurde. „Zu Hause nannten wir das die *Texas-Verteidigung*. Wie in: *Euer Ehren, er musste sterben.*"

„So wie Abraam Tamaz?", fragte sie.

Jawohl. Eine Reputation konnte sowohl etwas Gutes, als auch etwas Schlechtes sein, doch in jedem Fall war sie „etwas".

„Es gibt wenige, die es mehr verdienten", sagte Javier mit kaltem Lächeln. „Jemand musste es tun."

„Also sind Sie die Art Mann, der die Aufgabe übernimmt, wenn er sieht, dass so etwas getan werden muss?", fragte sie leichthin. „Einer, der das Leben beim Schopf packt und daran zieht?"

„Niemals ohne Einladung", erwiderte er lakonisch.

Irgendwie schwebte sie plötzlich über ihm. Javier konnte sich die Flexibilität, die sie besitzen musste, um in voller Lotusposition zu bleiben und sich trotzdem so weit vorzubeugen, dass sie ihn ohne allzuviel Zutun von seiner Seite zu küssen beginnen könnte, nur vorstellen.

„Das werde ich im Gedächtnis behalten", flüsterte sie.

Javier konnte das Mundwasser riechen, mit dem sie am Morgen gegurgelt hatte. Minzig, doch nicht aufdringlich. Sein Atem roch vermutlich nach Kaffee, doch das war das Risiko, das man einging, wenn man sich an einem Strand an Fremde heranmachte.

Unvermittelt sah sie auf und lächelte ihn mit einem unausgesprochenen Versprechen an, als sie sich zurücklehnte.

„Ihre Leibwächterin wird unruhig", sagte sie im Aufsetzten.

Javier beobachtete sie dabei, wie sie in einer einzigen

Bewegung ihre Füße aushakte, sich eine wenig räkelte und aufstand. Anstatt das Tuch wieder um ihre Hüften zu schlingen, warf sie es sich über einen Unterarm und begann, sich in einer Richtung zu entfernen, die Javier den besten Blick auf ihren Hintern garantierte.

„Wir werden uns wieder unterhalten, Captain Navarra", rief sie mit klingendem Lachen über eine Schulter zurück, während sie hinter einer Düne verschwand.

„Tut mir leid", bemerkte Sykora aus zwei Meter Entfernung, wobei nicht das leiseste Bisschen Entschuldigung in ihrer Stimme mitschwang. „Ich wollte Sie beide nicht beim Kopulieren am Strand stören. Wer war das?"

Javier drehte seinen Kopf in die andere Richtung, doch nicht, bevor die andere Frau nicht verschwunden war.

Wasser tropfte von Sykora in den Sand. Kaltes Wasser, wenn man danach ging, wie ihre Nippel trotz der warmen Brise standen. Genauso nackt wie die *Khatum* es gewesen war. Auch weiblich.

Da hörten die Gemeinsamkeiten aber auch schon auf.

Nein. Gefährlich. Beide von ihnen.

Schwarze Witwen. Nur von unterschiedlicher Art.

Hoffte er.

„Die *Khatum von Altai*", sagte er. „Unsere Gastgeberin."

„Wow, Sie arbeiten schnell", grinste sie aus ihrer luftigen Höhe auf ihn herab.

„In der Regel behandelt sie alle gleich", feuerte er zurück. „Bedienen Sie sich."

Sykora belohnte ihn mit einem stummen Knurren.

Als er etwas ähnliches das erste Mal zur Dragonerin gesagt hatte, hatte sie ihn so hart gegen ein Schott geknallt, dass er eine Gehirnerschütterung davongetragen hatte. Entweder wurde sie lockerer oder erwachsen, oder sie nahm ihre Rolle als Bodyguard ernster.

Javier streckte eine Hand aus und klopfte mit ernstem Blick auf ihr Handtuch. Einem Blick, der besagte: *Streiten Sie nicht rum.*

Sie dachte trotzdem einen Moment darüber nach. Das zumindest war eindeutig. Dann jedoch legte sie ihr Handtuch ab und setzte sich.

Zwei Liebhaber, die die Zeit am Strand genossen. Als ob!

„Wir müssen schnell handeln", stellte Javier einfach fest. „Unsere Tarnung kann einer Überprüfung, wie sie diese Frau durchführen könnte, nicht standhalten."

„Sie werden also nicht mit Ihrer neuen Freundin spielen?", fragte Sykora süßlich.

„Hadiiye", sagte er in leisem, ernstem Tonfall. „Sie wird uns vermutlich einfach in den Rücken schießen, wenn sie denkt, dass wir eine Bedrohung darstellen. Keine Gerichtsverhandlung. Keine Entschuldigungen. Nichts. Sie weiß, wer ich angeblich bin, also müssen wir loslegen."

Damit drang er zu ihr durch.

Die Maschine des Todes neben ihm holte so leise Luft, dass er vermutete, dass sie das Maß an Risiko langsam begriff.

„Was haben Sie im Tresorraum gesehen?", fragte die Ballerina des Todes leise, wobei sie sich mit der geistigen Agilität bewegte, die sie auch im Kampf an den Tag legte.

Ging man nach dem Ausmaß an Gefühl, das in ihrer Stimme mitschwang, hätte sie auch einen Kommentar über die Brandung abgeben können.

„Frauen mögen es, anzugeben", erwiderte Javier säuerlich. „Eitelkeit und Ego sind das Verderben so vieler Dummköpfe. Doch den Tresorraum selbst habe ich nicht gesehen. Ich habe die Kiste nur einer Wache übergeben und ein Quittung erhalten, nachdem sie abgeliefert worden war."

Er verspürte das Bedürfnis, einen Blick über seine

Schulter zu werfen, als wäre dies hier eine schlechte Holosimulation, doch er konnte nicht anders.

Niemand schlich sich an ihn an. Es tauchten auch keine Engel am Himmel auf, die ihn verhaften wollten.

„Es gibt nur sehr wenige Gäste, die hier leben", fuhr er fort. „Und die, die es tun, bringen keine allzu großen Mengen an Schmuck mit. Es gibt wesentlich interessantere Resorts, auf denen man sich herausputzen und die Casinos heimsuchen kann."

„Also?"

Mittlerweile war es Sykora gelungen, sich gelangweilt anzuhören. Offenbar eine weitere Kunst, die sie zu meistern begann, während sie sich in eine Schauspielerin verwandelte.

„Es gibt also sechsunddreißig Fächer in einer Wand" erwiderte er. „Unterschiedlich hoch, zunehmende Breite. Unser Helm befindet sich ganz unten in der fünften Reihe, um Ihnen das bildlich vor Augen zu führen."

„Und wir wissen, dass eines der Fächer unsere Box enthält?", fragte sie mit mildem Interesse.

„Das nehmen wir an", antwortete er. „Sie musste damit angeben, dass ihre Sicherheitsvorkehrungen gut genug für königlichen Besuch sind. Präsens, nicht Imperfekt. Wenn ich die Sonde durch die Luftschächte manövrieren kann, könnten es uns gelingen, den Raum zu scannen und herauszufinden, wie man hineinkommt."

„Und was dann?", fragte Sykora.

Ihre Stimme erreichte langsam die Qualität, die Javier gern als die der Hohepriesterin des Todes bezeichnete. Der erstaunlichen und tödlichen Kreatur, die sich gezeigt hatte, als sie von der *Salekhard* geflohen waren.

„Navarra wurde vermutlich angeheuert, weil jemand einen Zwischenfall mit maximalen Verlusten herbeiführen will", knurrte Javier sie an. „Die meisten Möglichkeiten, den Tresorraum zu betreten, verlangen nach einer Ablenkung von einem Ausmaß, das jemand das Leben dabei verlieren wird, selbst wenn es nur aus Versehen ist."

„Also?"

„Ich will einen Ruf, der über den eines Killers hinausgeht", gab er zurück. „Das eröffnet mehr Möglichkeiten, bessere Jobs. So kann ich Sie und Sokolov schneller auszahlen und mein Leben weiterführen."

„Einer von uns muss allerdings wahrscheinlich vorher sterben", flüsterte sie wild.

„Vielleicht", stimmte er zu. „Aber nicht heute. Okay?"

Javier konnte sehen, wie sie die Alternativen gegeneinander abwog. In ihrer Gegenwart sah er wahrscheinlich von Zeit zu Zeit genauso aus, denn, ja, einer von ihnen würde vermutlich sterben müssen, doch bis es soweit war, konnten sie die Dinge professionell angehen.

Sie nickte auf eine Weise, die stillschweigend die Art Gefühl und Gewalt implizierte, die Shakespeare zu seiner Größe verholfen hatte.

„Wie sieht der unmittelbare Plan aus?"

„Wir kehren bald auf unsere Zimmer zurück", erklärte er. „Wir werden gut essen und dann alles und jedem absagen, weil wir unter ernstem Raumschiff-Jetlag leiden. Ich werde zu Bett gehen, um angeblich meinen Schlaf nachzuholen. Sie werden losziehen, um ein Besatzungsmitglied zu verführen."

„Verführen?", knurrte sie flüsternd. „Herumhuren?"

„Wenn es nötig sein sollte, ja."

Javier spürte, wie seine Stimme kalt und tödlich wurde.

„Weniger ist auch akzeptabel, solange Sie mir die Antworten und die Ausrüstung besorgen, die wir benötigen, um das Ding durchzuziehen."

„Bastard", zischte sie.

„Sie haben ja keine Ahnung, Prinzessin."

TEIL FÜNF

SUVI NAHM sich einen Moment Zeit, um die richtige Musik für die Mission auszusuchen. In allen Videos flog der Held immer mit heftigem Hintergrundtrommeln über einem lautstarken Musikscore mit Saiteninstrumenten, entweder E-Gitarren oder einem kompletten Orchester, in den Kampf.

Doch heute war sie eher ein kleiner Einbrecher und würde voraussichtlich keinen Tiefflug in einem engen Tal hinlegen.

Letztendlich entschied sie sich für Rachmaninoffs Drittes Klavierkonzert. Musik für jemand, der keine Angst kannte. Nur zum Spaß legte sie eine paar Jazzimprovisationen wegen deren Trommeln und Bässen darunter und überließ ihnen dann das elegante Duell mit dem Klavier, während sie sich fortbewegte.

Die Dragonerin war verschwunden, nachdem die beiden vom Essen zurückgekehrt waren, und hatte sie und Javier alleingelassen, damit sie sich mehrere Stunden lang über die Arbeit unterhalten konnten, während er einen winzigen elektrischen Schraubenzieher mit rotierendem Mehrfachkopf an ihrer äußeren Hülle anbrachte.

Na endlich, *Hände*. Sie würde darauf bestehen, dass er etwas ähnlich Gutes auch an dem großen Schiff anbrachte, wenn sie wieder daheim waren, plus einen größeren Greifarm oder etwas Ähnliches, mit dem sie Dinge bewegen konnte.

Es gab nichts Nervigeres, als mit der Nase auf einen Klingelknopf drücken zu müssen, um sie zum Klingeln zu bringen.

Doch nun war sie ein Dieb in der Nacht.

Jemand hatte sich viele Gedanken über die architektonische Ausgestaltung dieses Resorts gemacht. Der viereckige Luftschacht, den sie entlangflog, war vierzig Zentimeter hoch und fünfzig Zentimeter breit. Zu klein für Menschen und zu staubig, um das Auftauchen von Reinigungsrobotern befürchten zu lassen.

Nicht, dass sie sich tatsächlich Sorgen darüber gemacht hätte, auf eine Drohne zu treffen, zumal diese sie vermutlich für ein Nagetier halten würde. Denn welche KI mit Selbstachtung wäre damit zufrieden, als Dienstmädchendrohne zu dienen?

Nein. Sie flitzte dahin und lauschte glücklich einem der gefährlichsten Männer, die man je an ein Klavier gelassen hatte. Kein nerviger Roter Baron in der Nähe. Nichts.

Nur Suvi, gekleidet in einen hautengen, schwarzen Ganzkörperanzug aus Leder. Die Art ohne Nähte, in denen nichts so verrutschen konnte, dass es unangenehm wurde, während man sich bewegte.

Das war alles möglich, wenn man eine KI war.

Sie hatte die Pings des Scanners so leise wie möglich gestellt und verließ sich einstweilen auf die Regeln des Sichtflugs und der passiven Sensoren. Es fiel genug Licht aus den regulären Schächten ein, dass es für ihre optischen Sensoren ausreichte.

Ein Mädchen musste sich nur kurz umsehen und an

allen vorbeischleichen und dabei lediglich ein bisschen voyeuristisch sein.

Menschen waren, trotz all ihrer Unterschiede, in der Regel ziemlich vorhersehbar, doch sie war heute nicht wirklich daran interessiert, ihren Erfahrungshorizont zu erweitern.

Laut Trägheitsnavigation und ein wenig Mathe sollte sie ihr Ziel bald erreicht haben. Nur noch um eine Ecke und …

Jawoll. Paranoia.

Jemand hatte *Etwas* dort hingespannt, genau quer durch den Schacht.

Einem Menschen, der auf seine Augen angewiesen war, wäre es vermutlich entgangen, doch Suvi zumindest hatte mit all ihren Extrasinnen gelauscht. Es war ein irgendwie geartetes Feld, wenn auch kein Verteidigungsfeld.

Sie bewegte sich so nahe heran, dass ein Bogenschild warnend aufgeblitzt hätte, bevor er sie abgeknallt hätte.

Nichts dergleichen.

Und sie begriff, dass alles dahinter auf jeder Wellenlänge außer der visuellen, unsichtbar war.

Mmh … Jemand wusste Bescheid. Nicht völlig, aber er hatte eine Ahnung.

Suvi schwebte niedrig genug, um sich die Impulsgeber oben anzusehen. Sie war sich ziemlich sicher, dass es sich um einen einfachen elektromagnetischen Schild handelte, der so entworfen worden war, dass er jemanden wie Javier daran hindern würde, eine ferngelenkte Drohne hier hineinzufliegen, so wie sie es nun tat.

Denn wer würde schließlich eine vollständige KI in so etwas Kleinem unterbringen?

Okay, es wurde Zeit, Wahrheit oder Pflicht *zu spielen.*

Suvi landete wie ein Hauch in etwa einem Meter Entfernung. Wenn es sich wirklich nur um einen Schild handelte, würde sie beim Durchqueren die meisten ihrer

Systeme verlieren und alles neu herauffahren müssen. Ein Trottelbot könnte sich autonom auf die andere Seite begeben, doch das hier war genau die Situation, in der man clever handeln musste.

Wie eine Murmel rollte sie sich nach vorn und durch den Schild hindurch.

Oh, das kitzelt.

Und es ist dunkel.

Suvi holte tief Luft und kletterte unter die Flugkonsole, um den Sicherungskasten zu öffnen. Die meisten Schalter waren gekippt, ganz wie sie es erwartet hatte.

Sie benötigte ein paar Sekunden, um sie alle wieder individuell einzuschalten, anstatt einfach den Neustart-Knopf zu drücken.

Mach jetzt alles richtig, damit dir nicht etwas entgeht, das nachher zu Problemen führen könnte.

Sie spähte durch die nächste Belüftungsöffnung. Das sah gut aus. Eine große Lobby mit roten Sofas und solchen Sachen, genau wie Javier es beschrieben hatte.

Und leer. Der Höhepunkt der Partyzeit. Alle sollten beim Luau sein und auf dem frischgebratenen Schwein herumkauen.

Bei der nächsten Möglichkeit bog sie links ab und blickte von ihrer Zinne hinunter.

Ein Wachmann. Mit Kopfhörern. Er behielt ein Dutzend Monitore und eine Reihe von Anzeigen, die für ein Mischpult gereicht hätten, im Auge.

Und langweilte sich.

Wenn er in Panik wäre, hätte er für alle Fälle die Belüftungsöffnung zuschnappen lassen und würde wie wild Knöpfe drücken. Ich bin nur eine Maus im Schrank.

Suvi huschte vorbei und fand den Raum, den sie suchte, als nächstes. Er war leer.

Der Tresorraum. Eine lange Wand mit Kabinen, die man

mit Vorhängen schließen konnte. Eine Reihe gemütlicher Sessel. Eine ernsthaft gesicherte Tür. Eine Wand mit vollen Kisten-Schubladen-Dingsbumsen.

Ab hier würde es kniffelig werden. Javier hatte gedacht, dass alles funktionieren würde, doch er war keine vier Meter groß und konnte nicht einfach hier hinaufklettern und sicherstellen, dass sie den Winkel erwischte, den sie brauchte.

Das würde knapp werden.

Ganz oben links. Vielleicht. An etwas hängend. Ach, scheiß doch drauf, durch das Metallgitter zu kommen. Man kann es nicht aus dem Weg schaffen. Sich fallen lassen, ein wenig drehen, wieder raufschnipsen. So.

Suvi atmete erneut tief durch und konzentrierte sich auf ihre Yoga-Subroutinen.

Oh, zur Hölle damit.

Sie drehte Sergeji so laut, dass sie sich fast sicher war, dass jemand sie von draußen körperlich vibrieren sehen könnte.

Sie tastete den Raum mit einem harten Sensorimpuls ab. Ein Mensch hätte ihn eventuell sogar spüren können, während das Eisen in seinem Blut für eine Mikrosekunde rotiert hätte. Dann verbrachte sie beinahe zehn Sekunden damit, Signalaufbereitung zu betreiben und die Geräusche herauszufiltern.

Wenn man von Ewigkeiten sprach ...

Schauen wir mal. Schmuck. Schmuck. Pistole. Goldbarren? Echt? Hey, da ist der Helm. Schmuck.

Als sie fertig war, hatten sie drei potentielle Ziele. Und vier auf der rechten Seite, die sie von ihrem Standort aus nicht hatte scannen können.

Aber mal ganz ehrlich, wer zur Hölle benutzte denn noch mechanische Schlüssel? Nur ein Kuss von einem Computer und man konnte alle dieser Schlösser öffnen.

Oh, klar. Jedes von ihnen. Ja, nein. Ein Schlüssel war in der Tat sinnvoller. Man konnte das Schloss immer noch knacken

*oder mit einem Hauptschlüssel öffnen, aber niemand konnte
eine KI in das System hochladen und einfach alle Türen auf
einmal öffnen.*

Suvi flog aus ihrer Ecke und begann, sich
zurückzuziehen, sah sorgfältig nach dem Wachmann, doch
der saß immer noch hübsch da und legte gelegentlich einen
Hebel um.

*Echt raffiniert, Lady. Das muss ich Ihnen zugestehen. Also
auf die altmodische Weise. Schlüssel. Aber mit Ihnen werde ich
schon fertig.*

BUCH ELF: SCHWARZE WITWEN

TEIL EINS

JAVIER SCHENKTE sich selbst ein Highballglas von echtem Erdenscotch ein und fügte zwei Eiswürfel hinzu, dann ließ er die Flüssigkeit kreisen und startete damit die magische chemische Reaktion, die Farbverdünner in karamellisierten Rauch verwandelte. Er schnipste etwas modernen Dance Pop Synth an und drehte die Musik auf Umgebungsgeräuschlautstärke herunter.

Das reichte.

Er war kurz davor, sich auszustrecken und seine Füße hochzulegen, als die Klingel an der Tür sich durch ihre Westminster-Sequenz dudelte.

Das verhieß nichts Gutes.

Sykora war fort, um mit ihren Zähnen zu knirschen und vermutlich mit ihrem Arsch zu wackeln. Wahrscheinlich in dieser Reihenfolge.

Suvi sollte mittlerweile ein Drittel des Weges zum Hort des Drachen hinter sich gebracht haben.

Auf dem Schiff gab es sonst niemanden mehr, mit dem er reden wollte.

Die Klingel bimmelte erneut hartnäckig.

Javier seufzte und bereute bereits das Kommende.

„Raumsystem", sagte er düster, „aktiviere den Flurmonitor."

Die Wand vor ihm erhellte sich zu einer etwas fischäugigen Ansicht des Korridors vor der Suite.

Und einer Schwarzen Witwe.

Sie war wahrscheinlich eine der schönsten Frauen, der er je begegnet war, doch Javier bezweifelte nicht, dass die *Khatum von Altai* nicht wegen intellektueller Stimulation hier war.

Nein, er war wahrscheinlich bloß der aktuelle Hit der Woche. Gelangweilte reiche Aristokraten brauchten ständig Stimulation und Degeneration.

Jemand hatte mal vorgeschlagen, dass die Alternative wäre, tatsächlich einmal das Hirn einzuschalten und zu denken, doch dann würden zu viele von ihnen Selbstmord begehen, wenn sie begriffen, wie öde und sinnlos ihr Leben war. Üblicherweise gingen sie nur an chemischen Stoffen zu Grunde, erhöhten stets und ständig die Dosis, wandten sich dabei aber nie der allem zugrundeliegenden Leere zu.

Javier hatte zwei Exfrauen. Und eine ehemalige Karriere in der Sternenflotte. Er verstand diesen Teil.

Zumindest hatte er sich selbst und seine Probleme schließlich überwunden.

„Raumsystem, aktiviere die Komm-Einheit", fuhr er fort. „Guten Abend, Madame. Ich komme sofort."

Javier unterbrach die Audioverbindung und nahm einen ordentlichen Schluck Whisky, während er sich erhob.

Wer A sagte, musste auch B sagen.

Die Abdeckung der Belüftungsöffnung war weit genug verschoben, um Suvi herumfliegen zu lassen. Javier griff nach oben, hängte sie wieder gerade an ihren Platz und ließ die Schrauben fürs Erste in einer Schublade verschwinden, die sich praktischerweise in Griffweite befand. Suvi hatte genug

Energie für ein paar Wochen und genug Filme und Bücher für mindestens eine Nacht.

Er öffnete die Tür zu seinem Verhängnis.

Was immer *es* war, sie hatte es in Hülle und Fülle.

Ihr Duft hüllte ihn ein, sobald er die Tür öffnete. Leicht und süß und blumig. Mit dem feinsten Hauch gerade erblühter Rosen.

Sie trug Schwarz, war vermutlich darin eingeschweißt worden, mit herausgeschnittenen Stücken, die ihre gesund leuchtende goldene Haut zeigten und ihre Kurven und Linien betonten. Er hatte das alles bereits gesehen, doch es diente als quälende Erinnerung daran, dass er es nie berührt hatten.

Jemand hatte ihr ebenholzfarbenes Haar zu einer Art Irokesenschnitt geflochten, zur Flosse eines Schwarzspitzenhais, der nur darauf wartete, durch das Wasser zu pflügen, während er angriff. Sie war bereits groß für eine Frau. Dank der Spitze ihres Haares war sie nun genauso groß wie er.

Subtil, aber effektiv.

Ein Raubtier.

Eine Schwarze Witwe.

Und sie war allein.

„Ich wollte nur sehen, ob es Ihnen gut geht", murmelte sie und trat ihm so nahe, dass sie ihre Handfläche auf seine Brust legen konnte. „Mir wurde gesagt, dass Sie früh gespeist und sich dann zurückgezogen haben. Und dass Sie Ihrer Amazone für die Nacht freigegeben haben."

„Probleme mit der Synchronisierung der Zeiten", log Javier frech. „Ich hatte gerade einen Whisky. Möchten Sie auch einen Schlaftrunk?"

Abgelenkte Frauen waren weniger gefährlich als abgewiesene. Gelangweilte Mädchen liebten böse Jungs. Dilettanten bemerkten Wissenschaftsnerds nicht einmal.

„Gern.“

Sie lächelte mit perfekten, leuchtenden Zähnen. Als sie eintrat, machte Javier einen Schritt zur Seite und nach hinten.

„Sie sind hier also sicher?“, fragte sie und ging erwartungsvoll zur Bar hinüber.

Javier reagierte auf sein Stichwort und zauberte ein zweites Glas darunter hervor. Er überließ es seinem Unterbewusstsein zu arbeiten, während er die Frau beäugte.

„Ich erwarte keinen Auftragskiller“, erwiderte er trocken. „Aber niemand ist stets *sicher.*“

„Ihre Amazone ist fort und amüsiert sich“, schnurrte die Frau.

„Sie hält mich nur am Leben, weil sie mich selbst umbringen will“, sagte Javier lächelnd.

Das war die reine Wahrheit. Wahrscheinlich das einzig Wahre, was er während dieser Mission ans Tageslicht kommen lassen würde.

Er reichte ihr das Glas, wobei er ihr viel zu nah trat.

„Sie wissen, wie gefährlich manche Frauen sein können“, sagte er.

Das musste er ihr lassen: die Neigung ihres Kopfes war perfekt. Das schüchterne, kokette Kichern, das über ihre Lippen kam, hätte Preise gewinnen können.

Ihr Duft war das Verlangen selbst.

„Und Navarra ist nicht gefährlich?“, flüsterte sie.

Javier lehnte sich noch näher zu ihr. Nicht als Vorspiel zu einem Kuss, sondern nur, um mit dieser Frau Nase an Nase zu stehen.

„Navarra würde absolut *alles* tun, um zu gewinnen.“

Javier beließ gerade genug Rauheit, gerade genug rostige Rasierklinge in seinem Ton, dass sich die Pupillen der *Khatum* unbewusst weiteten.

Gelangweilte Aristokraten. Das galt sogar auch für Schwarze Witwen.

Sie denken, sie sind zäh. Haben, eingewickelt und gekleidet in ihren warmem Kokon aus Geld, keine Ahnung, wie Gefährlichkeit wirklich aussieht.

Seine Augen betrachteten sie und ihr Geld herablassend. Und ihre Macht. Sogar ihre Perfektion.

Navarra würde sie genauso einfach, genauso leicht töten wie Abraam Tamaz, wenn es wirklich darauf ankam.

„Alles?"

Man konnte ihren Moschusduft förmlich schmecken.

Javier gab sich selbst eine Neun für seine Darbietung. In manchen Nächten standen die Sterne einfach richtig. Er hatte einen ziemlichen Teil der Anzahlung für die *Mielikki* auf *Merankorr* in einer Nacht wie dieser gewonnen.

Javier lehnte sich ein kleines Stück zurück. Sein Glas stand noch immer einsam und vergessen auf dem Beistelltisch.

„Alles."

Raue Hände packten sie bei den Schultern und drehten sie so weit herum, dass seine Brust sich unvermittelt gegen ihren Rücken presste, was seinen Händen die Möglichkeit gab, über die schwarze Seide zu wandern und die perfekten Rundungen der Frau darunter zu erkunden.

Er war kein Priester, auch kein Verkünder des Worts. Seine Definition zufolge beinhaltete Sünde, dass man sich selbst die einfachen Freunden des Lebens wie eine schöne Frau, die nach körperlicher Befriedigung verlangte, versagte.

Was das Hässliche in ihrer Seele anging, konnte er nichts tun.

Vielleicht würde er 'Mina irgendwann einmal hierher schicken müssen, um zu predigen.

Die *Khatum* lehnte sich schwer gegen ihn und schnurrte, war ansonsten jedoch still. Er nahm an, dass das bei einer

Frau wie ihr nicht lange so bleiben würde. Doch er erwartete keines der beiden Mädchen so schnell zurück.

Daher ergriff er sie bei ihrem glänzenden schwarzen Haar, zog daran, jedoch nur ein wenig, während er es zur Seite bewegte und am Hals der Frau zu knabbern begann.

Zum Charakter eines Mannes wie Navarra würde das passen.

Es war nur ein weiteres Opfer, das er zu bringen bereit war.

TEIL ZWEI

DER MANGEL AN LÄRM SAGTE IHR, dass sie am richtigen Ort angekommen war.

Heute Nacht fand sich Djamila nicht in einem dieser Tanzclubs wieder. Nein, das hier fühlte sich mehr wie eine Nachbarschaftskneipe an, wie diese Eckkneipe, in der die meisten Stühle an der Bar speziell für bestimmte Namen und Zeiten und damit für die Ortsansässigen reserviert waren, die am Ende ihres Arbeitstages hier erscheinen würden. Diese lange, hinter den Regalen verspiegelte Bar, die mit exotischen Flaschen bestückt war, die aus industriellen Fässern wiederbefüllt würden. Der kahlköpfige korpulente Betreiber in der verschmutzen Schürze, die Art Kerl, die immer knurrig war und ein vernarbtes Ohr hatte.

Djamila hätte sich hier zu Hause gefühlt.

Aritza war immer Offizier gewesen. Hatte nie auf den Mannschaftsdecks gedient. Nie auf Abruf zur Verfügung gestanden. Er mochte Orte wie diesen kennen, aber er hatte hier nie länger hingehört, als seine Kreditlinie oder seine Urlaubszeit reichte.

Die Dienste auf einem Schiff waren immer gleich. Die

Klientel rotierte nahtlos, ohne dass es zu stärkeren Fluktuationen kam, wenn das Tageslicht kam oder ging. Die meisten Leute hier trugen Grau, auch wenn einige Angestellte leuchtendere Farben trugen. Diese sahen am mürrischsten aus. Wahrscheinlich aus gutem Grund.

Djamila deutete auf die Theke und fuhr dann schweigend mit der Hand nach links, um auf jeden Barhocker zu zeigen. Die meisten waren im Moment unbesetzt.

Der Barmann nickte, ging an das eine Ende der Bar und stellte ein leeres Glas für sie ab.

Djamila folgte ihm und kletterte auf einen Hocker.

Sie sollte jetzt gerade ihre Rolle spielen. Auskundschaften. Verführen.

Doch zunächst brauchte sie einen Drink. Etwas, das sie mit einer Lage Isolierung, Abgrenzung, Abschottung zwischen der Person versah, die sie war, und dem, was sie heute Nacht würde tun müssen.

Aritza schuldete ihr ohnehin schon einiges. Jetzt begann sie, Buch zu führen.

Der Barkeeper hielt eine Flasche bereit.

Sie nickte, kramte ein paar Münzen und Trinkgeld hervor. Soweit es sie anging, hatte er es sich bereits nur dafür verdient, dass er sie hier akzeptierte. Sie war eine Außenseiterin.

Zolle stets den unsichtbaren Leuten Aufmerksamkeit. Sie sind diejenigen, die dein Leben besser oder schlechter gestalten, völlig unabhängig davon, was man selbst vorhat oder wie man handelt.

Das Eingegossene war blau. Ein subtiler Barkeeperwitz, der ihr tatsächlich ein Lächeln aufs Gesicht zauberte, egal wie hart und sauer es zuvor ausgesehen hatte.

Er grinste zurück, gab ihr mit einem Nicken zu verstehen,

dass sie wusste, wonach sie fragen musste, und marschierte zum anderen Ende der Bar, wobei er ein Glas polierte und seine Bar begutachtete wie eine Bär, der mitten im Winter geweckt wurde.

Das Getränk war so stark, dass sie den reinen Alkohol beinahe herausschmecken konnte. Sie fragte sich, ob der Mann ihn selbst gebrannt hatte, nach einem Rezept, das durch Generationen von Barkeepern bis hierher destilliert worden war. Etwas, das ursprünglich dazu gedacht gewesen war, Schmiere von Industriegeräten zu entfernen.

Sie nippte.

Stark. Beinahe unverdünnte Säure, die ihre Kehle hinunter rann.

Genau das, was Djamila heute Nacht brauchte.

Noch ein Schluck und die Hitze begann, sie zu stärken. Vielleicht hatte sie die Macht, eine Dragonerin in eine Tussi-Geheimagentin zu verwandeln.

Das schien Aritzas Geheimnis zu sein. Zu jemand anderem zu werden, wobei alles, was man als diese andere Person tat, verschwand, wenn man das Kostüm wieder auszog.

Wenn er das konnte, konnte sie es auch. Würde es schaffen.

Alles, was du kannst, du Arschloch.

Djamila spürte, wie ihre Schultern sich senkten. Für einen Augenblick zog sie in Erwägung, das warme Glas an ihre Stirn zu pressen, um zu sehen, ob sie die Stärke der Flüssigkeit auf diese Weise absorbieren konnte. Dann wurde ihr klar, dass die Rolle, die sie heute Nacht spielte, es ihr erlaubte.

Sie tat es.

Es hätte ja klappen können.

„So schlimm?", fragte eine ruhige Stimme.

Djamilas Augen flogen auf, ihre Hände waren bereit

zuzuschlagen und das Glas in jemandes Gesicht zu schmettern und ihn dann zu Tode zu prügeln.

Selbstverteidigung. Das älteste Gesetz des Universums.

Sie hatte den Mann wahrgenommen, als sie sich gesetzt hatte, doch ansonsten hatte sie ihn ignoriert wie eine Requisite auf ihrer Bühne, auf der er den mittleren von drei Stühlen am kurzen Ende der Bar besetzte, während sie auf dem letzten an der langen Seite saß. Ein leerer Stuhl trennte sie voneinander.

Und Lichtjahrhunderte.

Helle Haut, beinahe bleich im Vergleich zu ihrer Bräune oder Aritzas natürlichem Braun. Kurzes Haar, dunkel genug im dämmernden Schweigen der Bar. Er sah aus wie Vierzig. Nach seinen Augen zu urteilen war er Vierhundert.

Wenn sie Bedrohlichkeit ausstrahlte, dann besaß er die emotionale Ausstrahlung eines steinigen Kaps, das einem herannahenden Sturm entgegensah.

Er trug Grau. Sie erinnerte sich an ihre Mission. Ließ sogar ein kleines Bisschen Wahrheit ans Licht kommen.

Das waren immer die besten Lügen.

„Ich würde gerade wirklich liebend gern jemanden umbringen", sagte sie langsam und in einer Stimme, in der ihr ganzer Tag mitschwang.

„Das habe ich gesehen", erwiderte er leichthin. „Aber Sie sind nicht von hier."

„Und *er* würde sich nie freiwillig an einen Ort wie diesen begeben", zischte sie. „Nicht genug Geld für seinen Geschmack, außer er will sich mal unter das gemeine Volk mischen."

Der Fremde blickte sie abschätzend an. Nicht sexuell, doch an ihrer Geschichte interessiert.

Djamila hatte sich in blaue Arbeitshosen und eine schwarze Tunika gekleidet. Sie hoben sich gegen das Dunkelgrau hier vor Ort ab, aber nicht sehr.

Er war klein und kämpferisch. Das waren die einzigen Worte, die ihr einfielen, wenn sie den Mann hätte beschreiben sollen. Sie war, schätzte sie, mindestens einen halben Meter größer und wog bestimmt dreißig Kilo mehr als er.

Sie nippte ein weiteres Mal an ihrem verärgerten Mut und ließ die daraus entstandenen Flammen ihre *Transformation* befeuern.

„Bodyguard?", mutmaßte der Mann.

Djamila zuckte die Achseln.

„Zumindest ein lebensgefährliches Gaunerliebchen", grollte sie.

Es war leichter, eine Rolle zu spielen, wenn man nicht spielte.

„Ja, den lebensgefährlichen Teil habe ich mitbekommen", stimmte er zu. „Langer Tag mit einem idiotischen Boss, der nicht auf einen hört?"

Djamila nickte.

Nein. *Hadiiye.* Dies hier war eine Rolle. Sie war eine Schauspielerin. Sie befanden sich auf der Bühne.

Hadiiye fixierte den Mann mit hartem Blick. Stellte sein Recht, mit ihr zu reden, in Frage.

Und dann ließ sie ihn weicher werden. Das Ziel hier war Kommunikation. Das durfte sie nicht aus den Augen verlieren.

„Ein Blödarsch mit mehr Muskeln als Hirn", stimmte sie zu. „Glück und richtiges Timing sind das Einzige, was ihn so lange am Leben erhalten hat."

„Da draußen gibt es auch noch andere Jobs, wissen Sie?", antwortete er in einer ruhigeren Stimme.

Vielleicht so, wie man einem wilden Tier etwas zuflüstern würde.

Gewalt lag in diesem Moment dicht unter ihrer Oberfläche.

Doch keine, die gegen diesen Mann gerichtet war.

Gegen Navarra. Aritza. Wer immer er war.

Und gegen Sokolov, dafür, dass er überhaupt angedeutet hatte, dass Sascha oder Hajna für den Job besser geeignet sein könnten als sie.

Noch jemand, bei dem man Buch führen musste. Um zu beweisen, dass er falsch lag.

„Alle Leute scheinen zu glauben, dass Gewalt das Einzige ist, dessen ich fähig bin", entgegnete Hadiiye.

„Sie hat ihren Platz", stimmte der kleine Mann zu. „Manche von uns werden sogar gut dafür bezahlt und werden dafür mit Respekt behandelt."

Ihre Augen verengten sich und sie besah sich den Fremden genauer.

Er war absolut ruhig. Es war etwas, das er gelernt hatte; war nichts, das in irgendjemandem von Natur aus vorkam.

Schwielen an den Händen, die daher rührten, dass er wiederholt auf Dinge eingeschlagen hatte. Wie bei ihr.

Er war gefährlicher, als er auf den ersten Blick gewirkt hatte.

Oder vielleicht hatte er das zuvor vor ihr verborgen. Schauspieler auf einer Bühne.

„Rausschmeißer?", riet sie.

Er zuckte mit reduzierter Eloquenz die Achseln.

„An Bord dieses Schiffes haben sie einen höflichen Titel dafür", sagte er. „Doch im Grunde haben Sie recht."

„Grau?", fragte sie.

„Das Personal sind die Freundlichen in den leuchtenden Farben", sagte er lächelnd. „Die Schiffscrew trägt Grau. Das macht uns unsichtbar. Bis wir es nicht mehr sein müssen."

Sie begutachtete den Mann. Bedachte die Implikationen. Die Gefahr.

Die Belohnung.

„Haben die schon Mal Amazonen angeheuert?", fragte sie

zögernd. „Fast alles wäre besser als dieses Arschloch, für das ich im Moment arbeite."

Ein harter Glanz erschien in seinen Augen.

„Stehen Sie auf", befahl er in einem leichten Tonfall. „Drehen Sie sich um."

Sie tat es, wobei sie alles durch sich hindurchfließen ließ, was Dr. Teague ihr jemals über Hadiiye beigebracht hatte.

Die Augen des Mannes fühlten sich auf ihrem Körper wie Finger an, die sie erforschten, untersuchten.

Die ihre Haut streichelten.

Erneut wandte sie sich ihm zu.

„Können Sie die Gewalt in sich zügeln?", fragte er.

Hadiiye fühlte, wie die Aufregung sie durchfuhr.

Für Aritza war sie nicht mehr als ein Flintenweib. Jemand, der zielte und schoss.

Dieser Fremde verstand, dass Gewalt nur die Hälfte der Ausbildung ausmachte. Sie zu kontrollieren bedurfte beinahe mehr Mühe, als sie loszulassen. Und das war wichtiger.

„Bei meiner Größe ist Bedrohung fast nützlicher", erwiderte Hadiiye. „Meistens."

„Wie viele Menschen haben Sie getötet?", fragte er. „Persönlich."

„Als ich Soldatin war? Hunderte, vielleicht tausende", sagte sie. „Seitdem vielleicht Dutzende. Vielleicht mehr. Ich führe nicht wirklich Buch darüber."

„In Grau sähen Sie vermutlich gut aus", riskierte er zu sagen.

„Ha. Sie haben nicht mal eine Uniform, die mir passen würde." Sie spießte ihn mit ihren Blicken auf.

Forderte ihn heraus.

Keine Drohung. Eine Herausforderung.

Seine Augen wurden verschlossen.

Herausforderung angenommen.

„Wenn Sie eine Stunde haben, könnten wir uns in die

Abteilung des Zahlmeisters schleichen und Ihnen etwas stehlen", sagte er mit einem verschmitzten Lächeln.

Sie hatte von Dr. Teague gelernt, wie man eine Augenbraue auf die richtige Art und Weise wölbte. Wie man überzeugten Unglauben ganz ohne Sarkasmus oder Geräusch ausdrückte.

„Klingt wie eine Ausrede, um mich an irgendeinen abgeschiedenen Ort zu lotsen und die Situation auszunutzen", schnurrte Hadiiye.

Keine wirkliche Einladung. Aber vielleicht.

Die Mission.

Seine Augen wanderten erneut umher. Waagschalen in seinem Kopf wogen Möglichkeiten ab.

„Vielleicht", sagte er. „Ein bisschen."

Er streckte eine Hand aus.

„Farouz", stellte er sich vor.

„Hadiiye." Sie nahm seine Hand. „Normalerweise lasse ich mich nicht von Fremden in Bars verführen."

„Das liegt daran, dass Sie die meisten Leute höllisch einschüchtern", erwiderte er.

„Die meisten?"

„Die meisten", grinste er und glitt von seinem Barhocker.

Sie tat es ihm gleich.

Einhundertsechsundfünfzig Zentimeter groß. Vielleicht. Drahtig und hart.

Seine Augen befanden sich etwa auf Höhe ihrer Brustwarzen.

Wahrscheinlich war es besser, dass Tanzen nicht auf dem Programm stand.

Im Augenblick.

Sie stellte sich neben ihn, ein Baum neben einem Rosenbusch.

„Gehen Sie voraus", sagte sie.

Jetzt würde es interessant werden.

TEIL DREI

JAVIER FÜHLTE sich wie zehn Kilometer schlechte Schotterstraße.

Der Himmel mochte verhüten, dass er je zum Marathonläufer wurde, denn dann würde er sich vermutlich die ersten sechs Monate genauso fühlen wie er es jetzt tat. Was den Punkt markieren würde, an dem er aufgab und sich wieder weniger anstrengenden Betätigungen zuwendete.

Die *Khatum* schnarchte nicht, aber sie schnurrte, lag im Tiefschlaf auf einem cremefarbenen, seidenbedeckten Bett, das aussah, als sei jemand gerade darauf überfallen und ausgeraubt worden. Den Stuhl an der Tür hatte es noch übler erwischt, da sie all ihre Sachen darauf geworfen hatten, während sie ihn an ihm vorbeigekommen waren. Es war eine dieser Nächte, die einem zerstörerischen Wirbelwind glichen.

Für eine Frau mit vier erwachsenen Kindern, ein Thema, das er recherchiert hatte, bevor er angereist war, sah und verhielt sie sich immer noch wie eine nach Standardzeitmessung Zweiunddreißigjährige. Und darüber hinaus vermutlich auch eine Nymphomanin.

Oder lediglich gelangweilt von all den Model-

Aristokraten und Lustknaben, die sich hier herumtrieben. Es hatte sich nicht viel geändert.

Wenn er vorhatte, lange zu bleiben, würde sie ihn womöglich zu Tode schinden.

Doch das würde kein Problem darstellen. Das einzige, tödliche Risiko bestand darin, dass sie ihn beim Lügen erwischte oder sich dazu entschloss, später ein paar Ninjas hinter ihm herzuschicken.

Wenigstens war das Bett groß genug, dass er sich auf seiner Seite ausstrecken und die restlichen drei Viertel ihr überlassen konnte. Er zog sich ein paar Kissen heran und lehnte sich zurück, dann nippte er an einem Glas Wasser, das er vom Tisch genommen hatte. Es wäre nicht ratsam, einzuschlafen, während diese Frau hier war. Nicht, wo die anderen beiden Frauen jederzeit wieder auftauchen konnten.

Gleichzeitig konnte er auch nirgendwo anders hingehen.

Javier konnte sich genau vorstellen, wie Suvis Flitzer zurückkam und er gerade in dem Moment das Gitter für sie öffnete, in dem die *Khatum* aus dem Schlafzimmer taumelte, um nach ihm zu suchen.

Das wäre im wahrsten Sinne des Wortes todpeinlich.

Im Fall von Sykora wäre es nicht so schlimm, doch es bestand immer die Möglichkeit, dass es ihre Mission erforderte, dass sie den Typen mit hierher brachte. Und er wollte heute Nacht nicht als ihr Vater enden.

Das Schnurren brach ab.

Sie streckte sich für eine Weile und ihre athletische Schönheit allein stellte schon eine Ablenkung dar, dann rollte sie sich herum und sah ihn an.

„Davon könnte man abhängig werden", murmelte sie. „Es ist gut, dass du nur auf der Durchreise bist."

Navarras kalte Maske beobachtete die Frau, bevor sie etwas annahm, das einem Lächeln ähnelte.

„Oh?", fragte er.

„Manche Leute sind besessen von Reichtum und Macht", sagte sie und zog die Seidenlaken wie eine Kokon-Befestigungsanlage um sich. „Sie schnüffeln herum und versuchen, sich einzuschleichen. Diese Art Leute habe ich bereits besiegt."

„Ist das so?", fragt er mit sanfter, gefühlvoller Stimme. „Wie das?"

„Als ich geerbt habe, habe ich die Regeln geändert", sagte sie. „Jeder Mann, der mich wollte, musste vorher ein paar Proben in einer Samenbank abgeben. Dort beließ ich sie für fünf Jahre und ließ die Männer ihren Fall vertreten."

„Und wie ist das weitergegangen?", fragte Javier.

Das war auf jeden Fall eine neue Art, mit Männern umzugehen, und vermutlich eine recht effektive Methode.

„Als ich soweit war, benutzte ich die Proben, um mich selbst zu befruchten." Sie lächelte grausam. „Keiner der Männer erfuhr, mit welcher Probe, und sie sahen sich alle ähnlich genug. Beim zweiten Mal bekam ich ein Junge/Mädchen-Zwillingspaar, und nun habe ich vier Kinder mit zwölf Vätern. Eines der Kinder wird mein Erbe werden, die andern drei werden gut verheiratet werden."

„Und das hat gewirkt?", fragte Javier und rollte sich ein wenig auf die Seite, um ihr mehr Aufmerksamkeit schenken zu können. Im Augenblick wirkte sie verletzlich.

Das konnte natürlich nur vorgetäuscht sein. Es konnte eine Falle sein. Es konnte auch eine Chance darstellen. Vielleicht war sie auch bereit für eine zweite Runde oder ein zweites Abendessen.

Zu diesem Zeitpunkt bestand Javiers einzige Mission darin, sie abzulenken. Und das machte sie zu einer ziemlichen Herausforderung. Ehrlich.

„Langweilig." Die Frau schmollte ein bisschen. „Schöner Singvogel. Goldener Käfig. Eine Geschichte, so alt wie die Zeit und das Geld."

Sie zuckte mit ihrem ganzen Körper, spannte die halb durchsichtige Seide über ihrem Körper, um ihn abzulenken. Es wirkte.

„Und ich bin nur ein weiterer böser Junge?", neckte Javier sie.

„Schlimmer", erwiderte sie. „Ein vollendeter Profi mit einem Ziel. Ich bin nur eine angenehme Ablenkung. Wenn ich nicht vorbeigeschneit wäre, hättest du bestimmt die ganze Nacht nur Opern gehört, nicht wahr?"

„*Cyraneanischen* Pulse", entgegnete Javier. „Aber ja, grundsätzlich ist das korrekt, *Khatum von Altai.*"

„Ich habe einen Namen", stieß sie hervor.

„Und wir sind uns noch nicht förmlich vorgestellt worden, Madam", peitschte Navarras Stimme zurück.

Er deutete auf das zerwühlte Bett.

„Auch wenn das hier wohl kaum als formeller Salon durchgeht, in dem wir die Soziale Geometrie nach Kierkegaard erörtern könnten", fuhr er mit grausamem Unterton fort.

Beinahe verärgert drehte sie sich auch herum, bis sie ebenfalls mit einem Kissen in ihrem Rücken dasaß und diese ablenkenden goldbraunen Brüste auf einer See von Ecruseide ruhten. Ihre Augen loderten.

Und dann blitzten sie.

„Nein, ich schätze nicht", sagte sie mit einem plötzlichen fröhlichen Kichern, während sie ebenfalls auf das zerstörte Bettzeug zeigte. „Aber unsere Aktivitäten hier würden entweder eine konkrete Widerlegung des Existenzialismus darstellen oder dessen logische Folge. Zwei Fremde, die beim jeweils anderen Vergnügen suchen. Ich nehme an, die jeweilige Ansicht bezüglich der Balance zwischen Theismus und Romantizismus würde darüber entscheiden, welche Seite der Münze oben landet. Würdest du mir da zustimmen? Und du darfst mich Behnam nennen, jedenfalls, wenn wir unter uns sind."

Für einen Moment empfand Javier nichts als reine Lust.

All dies und Hirn, plus ein erstaunliches Maß an Bildung. Sie war sicher nicht die Art Frau, die man mit nach Hause brachte und den Eltern vorstellte, aber *wow*.

„Meine Mutter hat mich auf den Namen Eutrupio getauft", sagte Javier.

Und das war nicht mal eine Lüge.

Javier Eutrupio Aritza. Oder, dachte er, Eutrupio Navarra, wenn man die Angelegenheit, philosophisch betrachten wollte.

Navarra würde nie zugeben, dass er weichere Gefühle oder philosophische Anwandlungen hatte, doch er war ein langweiliger Arsch. Zu linear.

„Wenn es den Schöpfer tatsächlich interessiert", meinte Javier und deutete mit einer weiten Armbewegung auf den Raum, „dann fahren wir wahrscheinlich alle zur Hölle. Vielleicht sind wir das schon und sind nur nicht als mangelhaft beurteilt worden. Zumindest noch nicht."

„Wer bist du, Navarra-der-Killer?", fragte sie, sich zu ihm lehnend.

„Ein Mann, der seinen Weg so gut wie möglich geht", gab Javier mit einem Schulterzucken zurück. „Es gibt überwältigende Ablenkungen, wenn man sich die Zeit nimmt, um anzuhalten und an den Rosen zu schnuppern."

„Und du wirst einen ganzen Monat hier sein?", fragte sie atemlos. „Auf Kosten von jemand anderem?"

„So sieht der Plan zur Zeit aus", log er leichthin. „Das hängt davon ab, ob es dem Käufer möglich sein wird, hierher zu kommen."

Sie rollte von ihm fort und stand auf ihrer Seite des Bettes auf.

„In diesem Fall", sagte sie, während sie zu ihrem

Kleiderhaufen ging, „lasse ich dich das nächste Mal vielleicht meinen Rücken schrubben. Doch wir sollten uns noch ein paar Dinge für später aufheben. Ich möchte dir ja nicht schon zu Anfang alles zeigen."

Javier gönnte sich einen lustvollen Blick auf die Frau. Das war unhöflich, was sie zu erregen schien, so wie sie das dunkle Gewebe auf Arten um sich schlang, die ihren Körper noch interessanter aussehen ließen als in nacktem Zustand. Für ihren Irokesenzopf konnte man nicht mehr tun, als ihn auf den Kopf zurück zu verfrachten und nach Hause zu marschieren.

Oh, das harte Leben eines Raumpiraten.

„Wirst du fit genug sein, uns heute Abend bei einer Veranstaltung die Ehre zu geben?", fragte Behnam, die *Khatum von Altai*, unschuldig. „Oder soll ich dir einen weiteren Tag geben?"

Javier zuckte die Achseln. Navarra war ein harter Kerl, der nicht zugeben würde, wenn er Furcht empfände oder erschöpft wäre. Nichts davon.

Und der keinen langweiligen Scheiß zuließe.

„Ich habe immer noch Starlag", erwiderte er. „Irgendjemand hat unterbrochen, was eigentlich eine ordentliche Nacht der Meditation und des Schlafes hätte sein sollen, daher plädiere ich für einen weiteren Erholungstag, wenn ich die Ortsansässigen vorführen soll."

Sie grinste zu ihm zurück und verwandelte sich subtil von der verletzlichen jungen Frau, die sie gewesen war, in die harte Geschäftsfrau zurück, die einer der reichsten Menschen in diesem Sektor war und einer der gefährlichsten.

„Dann wirst du deine Ruhe definitiv brauchen, Navarra." Sie lächelte grausam. „Es gibt viele, die dich werden begutachten wollen."

Ohne ein weiteres Wort wandte sie sich um und verschwand.

Javier ließ sie gehen. Im Augenblick gab es durch den Versuch, noch ein letztes Wort anzubringen, nichts zu gewinnen.

Denn es würde sowas von nicht passieren, dass er in zwei Tagen noch hier wäre, um es zu sagen.

TEIL VIER

DJAMILA BEOBACHTETE, wie Farouz ein letztes Mal aus der Tür blickte und sie dann leise schloss. Sie selbst fand sich gegen eine Regaleinheit gelehnt wieder, die höher aufragte als sie selbst. Der ganze Raum war ein überdimensionaler Schrank, vielleicht vier mal sechs Meter groß, in dem Kleidung ordentlich gefaltet und nach Größe sortiert auf den Regalen lag. Alles in Grau.

Er drehte sich um und lächelte zu ihr hinauf.

„So weit, so gut", sagte er mit einer Stimme, die nur wenig lauter war als ein Flüstern.

Sie hatten sich über eine Reihe sonst verborgener Gänge, die von einigen Stellen im Hauptteil des Schiffes aus betreten werden konnten, jedoch ansonsten von der Welt des Reichtums und der Zerstreuung abgeschnitten waren, verstohlen zurück nach unten begeben.

„Warum sind hier überall mechanische Schlösser?", fragte sie hauptsächlich aus reiner Neugier. „Und wo hast du gelernt, sie zu knacken?"

Er zuckte die Achseln und trat von der Tür zurück. Kam ihr nicht nah, aber näher.

„Wir haben hier eine Menge cleverer Menschen", sagte er. „Banker und Finanzleute. Die gut mit Computern umgehen können. Es ist zu aufwändig, sie daran zu hindern, Systeme zu beschädigen, weil sie sie zu überschreiben versuchen. Mechanische Schlösser sind so altertümlich, dass man sie genau untersuchen muss, um sie umgehen zu können. Wofür man eine große Fingerfertigkeit erlangen muss."

„Fingerfertigkeit?", fragte sie.

Farouz macht einen weiteren, kleinen Schritt auf sie zu.

„Genau das", stimmte er zu. „Leicht genug, um die richtige Stelle zu finden. Fest genug, um sie in die richtige Position zu bringen. Stark genug, um sie festzuhalten, während alles andere sich für einen bewegt."

„Reden wir hier immer noch von Schlössern?", neckte sie ihn.

„Alles ist abgesichert", grinste Farouz. „Es zu öffnen, sodass man eindringen kann, verlangt Zeit und Geduld."

Plötzlich war er ihr sehr nah. Nur eine Armlänge seiner kürzeren Arme entfernt. In seinen Augen lag ein Leuchten, von dem Djamila nicht wusste, ob sie es je gesehen hatte.

Verlangen.

Nicht Lust. Nicht Macht. Nicht Kontrolle.

Bedürfnis.

Es war der Ballerina des Todes fremd, wenn auch nicht notgedrungen unwillkommen.

„Hast du mich nun hierher gebracht, um mich zu verführen?", flüsterte sie, „Oder weil du mit deinen Künsten als Schlossknacker angeben wolltest?"

„Gibt es da einen Unterschied?", flüsterte er zurück und starrte aus einer solchen Nähe zu ihr auf, die sie seinen Atem spüren ließ.

„Ja", sagte sie. „Du hast mir immer noch nichts in Grau

gezeigt, dass mich davon überzeugen würde, dass dies hier der Ort für mich ist, an den ich passe."

„Es ist wichtig, dass etwas passt", stimmte er ihr zu. „Wir sollten etwas für dich finden, das genau passt. Dass dieses brennende Bedürfnis befriedigt."

Djamila fühlte sich auf einmal wieder wie fünfzehn, als sie kurz davor gewesen war, ihre Jungfräulichkeit an einen Mitschüler zu verlieren. Es war nicht großartig gewesen, auch bei anderen nicht, doch der Anflug von Erregung und Gefahr war da.

Sie lächelte. Zog in Erwägung, den Mann zu küssen. Und ihn nicht zu küssen. Tanzte auf frevlerische Weise außerhalb ihres sonstigen Selbst.

Farouz trat einen Schritt zurück und musterte langsam jede Einzelheit an ihr. Seine Hände öffneten und schlossen sich, als wolle er seine Finger benutzen, um sie damit und nicht nur mit seinen Augen abzutasten.

„Es hilft, dass du wie ein Mann gebaut bist", sagte er. „Ich kann mir nur vorstellen, wie unmöglich es wäre, Hosen für dich zu finden, wenn du nur aus Beinen bestündest."

Er wandte sich nach links und suchte die Regale ab.

Djamila ließ leise ihren Atem entweichen. So nah. Und so ungewohnt.

Wann hatte sie das letzte Mal Verlangen verspürt?

Farouz kniete nieder und zog ein Bündel aus dem untersten Regal, entfaltete es und hielt es an ihre Hüfte.

„Vielleicht muss man den Saum einmal umkrempeln, bis du ihn innen umnähst", sagte er mit anzüglichem Lächeln. „Bei der Jacke wird es leichter sein."

Ein oder zwei Augenblicke später reichte er ihr ein Hemd und eine Jacke von einem anderen Regal.

„Versuch die", sagte er, trat durch die Tür und wandte ihr den Rücken zu.

BLAZE WARD

Djamila begann sofort, sich auszuziehen, doch Hadiiye hielt sie zurück.

„Du siehst nicht zu?", fragte Hadiiye langsam.

„Das könnte unhöflich wirken", sagte er über seine Schulter hinweg. „Dinge zu sehen, die ich nicht sehen sollte."

„Nicht solltest?", hakte sie mit einem aufreizenden Unterton nach, der so wenig nach ihr klang, dass sie beinahe gekeucht hätte. „Ich denke, du solltest sehen, wie alles passt. Du hast mich hierher gebracht, weißt du. Damit trägst du eine gewisse Verantwortung gegenüber der Modewelt."

Sie sah, wie er sich langsam wieder umdrehte und sie anblickte, während er sich gegen den Türrahmen lehnte. Sie erwartete ein anzügliches Grinsen, erhielt stattdessen jedoch ein warmes Lächeln.

Zuerst zog sie die Slipper aus, dann die Tunika über den Kopf. Sie bestand aus dickem Stoff und da sie sich an Bord befanden, trug sie nichts darunter als ihre Sonnenbräune.

Die Hose folgte als Nächstes. Wieder nichts als Haut.

Beim neuen T-Shirt ließ sie sich ein wenig Zeit, legte es nach ein paar Herzschlägen beiseite, sodass sie die Hose aufheben und über ihre langen, bronzefarbenen Beine gleiten lassen konnte. Seine Augen ließen sie dabei keine Sekunde aus dem Blick.

Er starrte unverwandt zurück, seine Augen auf sie geheftet, während sie sich bewegte.

Farouz' Augen wanderten weiter, als sie sich das Hemd über den Kopf zog und es eng an ihrer Haut herunterzog.

Sie sagte sich, dass es hier drin kalt war.

Die Jacke folgte als Letztes, und dann stand sie völlig verwandelt vor ihm.

„Wie lange wird dein dämlicher Boss an Bord sein?", erkundigte sich Farouz atemlos.

„Wir sind für ein paar Wochen gebucht", schnurrte

Hadiiye zurück. „Ich werde dabei eine Menge Freizeit haben."

Er trat näher. Erneut so nah, dass sie seinen Atem spüren konnte, doch er berührte sie nicht.

Ganz bewusst.

„Meine Schicht beginnt in ungefähr einer Stunde und es wird eine Doppelschicht sein, weil sich Derek krankgemeldet hat", erwiderte Farouz. „In achtundvierzig Stunden würde ich dich gern zum Essen ausführen und dich dann angemessen verführen."

„Und nicht jetzt?", fragte Djamila, der plötzlich der Atem stockte.

Eine seiner Hände legte sich um ihre Hüfte und zog an sich. Sie beugte sich vor, damit sie sich küssen konnten, doch der Kuss endete beinahe sofort wieder.

Djamila taumelte, doch nur in ihrem Kopf.

„Billige Affären sind genau das", murmelte er. „Ich möchte dir lieber eine bessere Seite der Welt zeigen."

Er trat zurück.

„Trotzdem danke dafür", sagte er. „Ich hätte mir so etwas Umwerfendes nie vorstellen können."

Sie ließ zu, dass die Erregung sie durchflutete. Und entspannte sich.

„Was ist damit?", fragte sie und fing an, ihre Jacke wieder aufzuknöpfen.

„Behalte es", sagte er. „Bei einer so großen Besatzung wird es niemandem auffallen, und wenn du es in zwei Tagen trägst, könnten wir uns beinahe überall auf dem Schiff hinbegeben, ohne dass jemand Fragen stellen würde."

Sie lächelte.

„Dann haben wir ein Date."

BUCH ZWÖLF: GRAU

TEIL EINS

JAVIER TIPPTE AUF SUVIS KOMMUNIKATIONSTASTATUR, anstatt laut zu reden, denn er konnte nicht wissen, wie lange Sykora auf sich warten lassen würde. Der Rest des Keyboards war zu nichts Wichtigem nutze, außer dazu, Musik abzuspielen und süße, kleine, pelzige Tiere über Suvis Armaturenbrett tanzen zu lassen. Das ganze Fliegen erledigte sie selbst.

Aber darüber hinaus irritierte es sie auch, dass sie sein Tippen abwarten musste.

Javier vermutete, dass sie eine Reihe von Büchern las, während er solch eine langsame Methode verwendete, sich zu unterhalten. Er überlegte, zu einem alten Keyboard mit Morsecode zu wechseln, um wirklich langsam zu werden, doch ihre Antworten waren auch jetzt schon recht knapp.

Es machte keinen Sinn, es zu übertreiben.

Sie war ein gutes Kind. Viel mehr, als sie sein sollte. Ohne ihn wäre sie immer noch das unfassbar gelangweilte KI-System, das sich auf seinem Schiff befunden hatte. Bis er sie in etwas wesentlich Spaßigeres verwandelt hatte.

Die Außentür klingelte einmal, dann öffnete sie sich.

Javier befand sich im Hauptraum. Er war sich nicht sicher, ob Sykora allein war oder ob er sie heute Nacht überhaupt noch sehen würde. Beim Schöpfer, sie war immer noch sauer auf ihn, weil er sie zu dieser Mission abgestellt hatte.

Ihr Fehler. Jede ihrer Kundschafterinnen hätte diesen Job leichter erledigt. Ihre Berufsehre würde sie irgendwann noch einmal umbringen.

Wenn die Situation nicht ohnehin schon so prekär gewesen wäre, hätte er sich schon darum gekümmert, dass das eher früher als später geschah.

Und er hatte erwartet, dass sie in den Raum gestampft käme.

Stattdessen trat sie ein wie eine Eisläuferin und glitt mühelos neben ihn, bevor sie stehen blieb.

Javier musste dreimal hinsehen und sprang dann fast aus dem Sessel.

Sie war in Grau gekleidet und hielt einen kleinen Beutel, in dem sich, wie er vermutete, die Sachen befanden, in denen sie ausgegangen war.

Und auf ihrem Gesicht lag ein trotteliges Grinsen.

Oh Mann, das war wahrscheinlich noch schlimmer als ihre *Mörderische Amazonen*-Persönlichkeit.

Sie schnüffelte. Vielsagend.

„Wow, Sie arbeiten wirklich schnell", verkündete sie fassungslos. „Sie war bereits hier, ist einmal mit Ihnen im Bett rumgerollt und dann wieder verschwunden?"

„Setzen Sie sich", befahl er angesäuert. „Wir müssen diese Mission in sechsundzwanzig Stunden beendet haben, dann einen Transport-Leichter stehlen und fliehen."

„Warum?", fragte sie drängend. „Wozu die Eile?"

„Haben Sie ein Date oder sowas?" Javier wandte sich ihr zu und blickte nach oben. Inspizierte die kleinsten Details.

Erweiterte Pupillen. Flacher Atem. Plötzliches Erröten. Im Schock herunterklappendes Kinn.

Scheiße. Sie hatte wirklich ein Date. Sie? Hier? Was zur Hölle hatte sie in den letzten sechs Stunden angestellt?

Javier deutete auf das Sofa.

„Sitz", kommandierte er ein weiteres Mal. „Wenn es so wichtig ist, dann können wir ihn später immer noch mit Waffengewalt entführen und mit uns nehmen."

Wow. Jetzt errötete sie bis hinunter zum Kragen. Als ob sie das ernsthaft in Betracht zog.

Er sah zu, wie sie zum Sofa stolperte und sich darauf fallen ließ.

„Also, ich bin nie in den Sachen von jemand anderem nach Hause gekommen und war dann noch nüchtern", knurrte Javier sie an. „Daher nehme ich an, dass Sie Erfolg hatten. Erzählen Sie schon."

Noch mehr Erröten? Wie war das möglich? Und würde sie demnächst von all dem Blut, das ihr ins Gesicht schoss, ohnmächtig werden?

Es dauerte ein paar Sekunden, bis ihr Atem wieder normal ging. Und bis ihr üblicher Ärger wieder an die Oberfläche stieg.

Die Ballerina des Todes kehrte zurück und übernahm die Dragonerin. Gut.

Nun war sie wieder berechenbarer. Professioneller. Vielleicht weniger gefährlich.

„Ich habe mit einem Mitglied der Sicherheitscrew Kontakt hergestellt", sagte sie schließlich, ihre Stimme so scharf und knapp, dass man sich damit hätte rasieren können. „Habe ihm erlaubt, mich zu verführen. Habe ein Date mit ihm in achtundvierzig Stunden abgemacht."

Die Röte kehrte zurück, wenn auch nicht mehr annähernd so leuchtend.

„Es war mir möglich, eine Uniform für mich ausfindig zu

machen und zu beschaffen." Sie deutete auf ihre endlos langen Beine. „Ich kann Sie ebenfalls dorthin bringen."

„Zugangssicherheit?", fragte er.

Sie befand sich nun im Taktikmodus. Er musste ihr nur einen Schubs in die richtige Richtung geben und sich ducken. So, wie man es tat, wenn man eine Kanone ausrichtete.

„Es gibt einen Sekundärkorridor, der nur für die Betriebscrew gedacht ist", antwortete sie. „Zugang über einen tatsächlichen Schlüssel, den man entgegen dem Uhrzeigersinn in einem mechanischen Zylinderschloss dreht."

Verdammt, das war neu. Oder alt, je nachdem, wie man es betrachtete. Und nützlich.

„Wie viele Schlüssel hatte der Mann?", fragte Javier.

„Soweit ich sehen konnte, hat Farouz nur einen benutzt", sagte Sykora und errötete wieder etwas mehr.

Farouz, was? Wahrscheinlich ein Oger, der noch größer war als sie. Der musste ein Monster sein.

„Wie viele Luftschleusen auf den Korridoren?", fragte er.

„Nur vereinzelte", sagte sie. „Und offen, als wir einmal in diesem Bereich waren. Das einzige andere Mal, dass er eine Tür aufschließen musste, war, um in die Uniform-Kammer zu kommen."

Javier lehnte sich zurück und überlegte. Suvi hörte zu und konnte ihm sämtliche Details später referieren. Nach dem zu urteilen, was er bereits im Tresorraum gesehen hatte, erfolgte der Zugang zu den Boxen also durch einen mechanischen Prozess.

Alles war mechanisch.

Dieses Manöver war so hinterhältig, dass er es nie hätte voraussehen können, doch er hatte zwei Stunden mit dem Gehirn hinter dieser Operation verbracht. Nichts, was die *Khatum* tat, würde ihn überraschen.

Hoffentlich.

Und hoffentlich wäre sie, wenn die Sache erledigt wäre, nicht abgrundtief sauer auf ihn.

Er beugte sich vor und fing an, auf Suvis Tastatur zu tippen.

Nun war nicht der Moment, sie darum zu bitten, etwas für ihn nachzusehen. Zumindest nicht laut.

Die Enzyklopädie, die er in ihr System hochgeladen hatte, befasste sich hauptsächlich mit Biologie und angewandten Wissenschaften. Sie nahm nur einen Teil des Platzes ein, den sie für Bücher und Filme reserviert hatte.

Javier kam sich vor wie ein Barbar, der mit Steinmessern und Bärenfellen arbeitete, wenn man dem alten Sprichwort glauben wollte.

Ein Artikel führte zum zweiten, dritten und vierten.

Ah. Da bist du ja.

Die Kunst des Schlossknackens. Und die alten Werkzeuge dieser Kunst. Etwas, das sich Picking-Pistole nannte.

Führe ein Stäbchen in den Schlitz für den Schlüssel ein. Drehe den Mechanismus genug, um nur über die Stifte im Inneren zu reiben, und halte sie fest. Schiebe sie alle gleichzeitig mit einem drehbaren Zapfen nach oben. Spüre, wie die oberen Hälften der Stifte sich lösen und den Verschluss freigeben. Drehe den Zylinder bis zum Ende.

Es war wie Billard, den man mit kleinen Metallstiften spielte und bei dem man die gleichen physikalischen Regeln wie beim Eröffnungsstoß anwandte.

Hinterhältig. Ohne einen einzigen I/O-Anschluss, über den er Suvi verbinden konnte, damit sie das computerisierte Schloss aufkitzeln oder die Kontrollsoftware zu Tode prügeln konnte.

Und er wusste genau, dass sie sich so darauf gefreut hatte.

„Ich werde Zugang zur Maschinenwerkstatt oder etwas

Ähnlichem brauchen", sagte er schließlich. „Zwanzig oder dreißig Minuten und die richtigen Werkzeuge."

Sykora hatte ihn beobachtet wie ein Habicht.

Er drehte das Display in ihre Richtung, sodass sie es sich angucken konnte.

„Das ist so altertümlich, dass ich fast beleidigt bin", fuhr er fort. „Aber es ist auch genial. Und einfach genug für einen kompetenten Systemtechniker in Ordnung zu halten. Ich hatte vorgehabt, in den Sensor hochgeladene Software zu verwenden, um die Türsysteme zu überlisten."

„Und nun?", fragte sie atemlos. „Blockiert uns das?"

Ihr Tonfall ließ Javier aufblicken.

Suchte sie nach einer Entschuldigung, um mit diesem Farouz-Typen in körperlichen Kontakt zu kommen, damit sie ihm den Schlüssel abzunehmen konnte? Sykora? Die Ballerina des Todes?

Das war offiziell schräg. Und ekelig.

„Nein", entgegnete Javier. „Wir schlafen. Wir essen. Wir bereiten uns vor. In ungefähr zweiundzwanzig Stunden schleichen wir uns raus, ziehen das Ding durch und stehlen dann den Transport-Leichter, der zum Entladen angedockt haben wird, ein einem Akt der Piraterie. Die kommen alle zwölf Stunden, darum sollte es gut hinkommen, wenn wir alles in der richtigen Zeit schaffen und uns absetzen."

„Und wenn nicht?", fragte sie.

„Ich bin mir sicher, die *Khatum* kann eine Rahe auftreiben, an der sie uns aufknüpfen wird."

TEIL ZWEI

SUVI HATTE die Musik leiser gestellt. Denn jetzt war definitiv nicht die richtige Zeit dafür, sich von zehn-Finger-siebzig-Tasten-Klaviersoli ablenken zu lassen.

Ein bisschen Tschaikowski für die Beats, doch hauptsächlich zarte Kammerorchester oder Oktette. Das passte zu der grauen Uniform, die Javier aus dem Wäscheschrank gestohlen hatte, der wiederum dem glich, in den sich die Dragonerin offensichtlich ihren Weg durch Verführung gebahnt hatte.

Igitt.

Im Moment trug Javier sie in einer Stofftasche, die ihre visuellen Sensoren kaum behinderte, von allem anderen, das sie aufgedreht hatte, mal ganz abgesehen. Wobei sie beinahe jeder Tonlage auf jeder Wellenlänge lauschte.

Und er hatte sie sich nicht einmal in irgendetwas einhacken lassen, damit sie die Pläne dieses Mammutraumschiffs stehlen konnte. Irgendein Trottel hatte sie für jeden Ingenieur, der sich langweilte und wissen wollte, wie das Schiff funktionierte, auf dem Unterhaltungssystem gespeichert.

Suvi wusste, dass das die meisten Leute nicht interessieren würde. Sicherheit durch Verstecken an offensichtlichen Orten war letztendlich so althergebracht wie die Existenz von Dingen, die sich zu stehlen lohnten.

Und sogar ihr digitaler Scan der Schlösser im Tresorraum würde nicht wirklich helfen. Der Boss würde losziehen und einen Eispickel oder einen Dietrich oder eine Betäubungspistole für Schließsysteme erfinden.

Irgendetwas.

Sie war von der ganzen Situation zu angepisst, als dass sie sich zu einem Zeitpunkt wie diesem rational verhalten würde.

Zumindest hatten sie es bisher gut hinbekommen, sich so weit zu schleichen. Doch welcher Trottel brachte direkt neben einer Sicherheitstür eine Belüftungsöffnung an und setzte dann voraus, dass das niemandem auffallen würde? Zugegeben, Javier hatte das getan, bis sie sie auf dem Plan markiert und dann als vollen Schaltplan zusammen mit einem Pianotusch vor seinen Augen hatte explodieren lassen.

Ich meine ... hallo?

Und Javier hatte endlich aufgehört, mit ihr zu diskutieren, und hatte sie das Teil hacken lassen, als sie dort angekommen waren.

War das der richtige Begriff? Wie nennt man das, wenn man zu einer Wand fliegt und alle vier Schrauben löst, die das verdammte Gitter halten?

Dumm und amateurhaft, das war es. Ein schlechtes technisches Design von einem Typen, der es wirklich besser hätte wissen sollen.

Und dann zurück in die verdammte Tasche.

<grummelgrummelgrummel />

Suvi ließ ein As unter einem eingestrichenen C erklingen. Nicht zu laut. Nur laut genug, um Javiers Aufmerksamkeit zu erregen.

Und die der psychotischen, paranoiden Schlampe.

„Was war das?", flüsterte Sykora in einem Ton, der von Adrenalin durchsetzt war.

Und von Irrsinn.

„Eine Audiowarnung, dass wir uns der Maschinenwerkstatt nähern", murmelte Javier in einem Ton, der dem entsprach, den man beim Beruhigen tollwütiger Chihuahuas verwendet. „Denken Sie daran, ich habe den Sensor so programmiert, dass er wesentlich autonomer ist als zuvor."

Oder so etwas in der Art.

Was auch immer du diesen verrückten Piraten für Lügen erzählen musst, bis wir fliehen können, Boss.

Javiers große Pfote war warm, als sie in die Tasche griff und sich um ihren nackten Körper legte, wie King Kong in einer kalten Nacht in Gotham.

„Sensor. Zugriff auf Befehlsmodus", sagte Javier formell und benutzte den Ausdruck, auf den sie sich geeinigt hatten, damit sie so tun konnte, als sei sie schlauer als ein Waffeleisen. „Initialisiere Außensicherungsüberwachung."

Und dann flog sie.

War frei.

Nun ja, soweit das möglich war, wenn man in einem Korridor gefangen war, der nach menschlichen Maßstäben im Dämmerlicht lag und wahrscheinlich eigenartig roch, soweit sie das nach den olfaktorischen Bio-Anzeigen beurteilen konnte, die sie verfolgte.

Das reichte.

Suvi warf einen kurzen Blick auf die passiven Anzeigen und verpasste dem Gang dann einen Ultraschallimpuls. Fledermäuse wären davon verärgert und zickig geworden, doch nichts von dem, was sie bisher gesehen hatte, ließ auf Sensoren schließen, die in der Lage waren, ihren Ruf zu erfassen.

Sie waren damit beschäftigt, nach Radar oder etwas ähnlich Dämlichem zu suchen.

In größerer Entfernung in beiden Richtungen war nichts im Gang zu entdecken. Es war mitten in der Nacht.

Als nächstes verpasste sie der Tür etwas ähnliches wie Röntgenstrahlen, wenn auch nicht ganz so niedrig dosiert. Trotzdem reichte es, um sie durch Wände sehen zu lassen.

Oder hätte es getan.

Das dusselige Schott war offenbar doppelt so dick wie JEDES ANDERE SCHOTT AUF DIESEM VERDAMMTEN SCHIFF.

Also gut.

Suvi stellte sich ein Höschen für große Mädchen vor, das sie ein Stück hochziehen konnte, und drehte den Bass auf ihrem Armaturenbrett auf elf.

<BONG />

Oh ja. Das ist schon besser.

Anscheinend musste niemand die Werkstatt vor Vandalen schützen. Und niemand war zu Hause.

Sie spielte einen schnellen Eis/D-Dur-Triller ab. In ihren Ohren klang er angenehm. Ein schnell aufblitzendes Scheinwerferlicht nagelte sich auf dem Türgriff fest und nicht auf dem Schließmechanismus.

Javier grinste sie an und nickte der Verrückten zu.

Er legte eine Hand auf den Knauf und drehte ihn leise.

Im Inneren befand sich das Paradies. Es war genug, um eine weibliche Ingenieurin an all den richtigen Stellen zu kribbelig zu machen. Drehbänke, Pressen, Laservorrichtungen. Es gab sogar eine Gasflasche fürs Schweißen, wenn man so richtig loslegen wollte … also schweißtechnisch und soooo.

In Zeiten, in denen es so viel befriedigender war, die eigenen Hände zu benutzen, anstatt sich auf mechanische Hilfe zu verlassen.

Suvi ließ sich in den Raum treiben und nahm eine tiefe Nasevoll des Himmels, während die beiden Menschen ihr folgten wie zwei Amateur-Schiffshalter.

Nachdem er die Tür verschlossen und verriegelt hatte, wandte sich Javier unmittelbar nach rechts. Eine recht kleine Menge an Stabmaterial wartete in Sortierfächern auf ihn wie eine vergiftete Prinzessin.

Suvi war wirklich genervt, dass die Dragonerin mitgekommen war.

Es stand völlig außer Frage, dass Javier sie nun all diese atemberaubenden Maschinen bedienen lassen würde, genauso wie das Mädchen auf der *Storm Gauntlet* den Helm hatte herstellen müssen, weil es keine Chance gab, zu erklären, wie es Javier möglich gewesen wäre, die CNC-Maschinen in einem solch fantastischen Maß zu programmieren.

Immerhin hatte er ihr versprochen, dass die Dragonerin irgendwann einem unglücklichen Unfall zum Opfer fallen würde.

Suvi konnte warten.

TEIL DREI

DAS WAR einer der Vorzüge einer kompetent ausgestatteten Werkstatt, dachte Javier. Und auch einer wohlorganisierten. Alles war da, wo es sein sollte.

Das Gerät, dass er improvisiert hatte, war hässlich. Grob. Eigentlich Scheiße, doch es würde seinen Zweck erfüllen. Laut Suvi benutzten sie hier ein System mit sechs Stiften, die auf vier Höheneinstellungen programmierbar waren, oder wie auch immer der Fachbegriff dafür lautete. Im Vergleich zu dem, was in der Datei stand, war das paranoid, aber nicht unmöglich zu knacken.

Neunundneunzig Komma irgendwas Prozent der Leute, die hier durchkamen, wären mit ihrem Latein am Ende gewesen. Aber die hatten selbstverständlich im letzten Jahr auch nicht mit monomanischer Hingabe Piraterie studiert. Javier mochte nicht, wozu Sokolov und die Dragonerin ihn gemacht hatten, aber er wollte absolut verdammt sein, wenn er hier einen halbherzigen Job hinlegte.

Und nun war es erledigt. Hier drin gab eines keine Schlosserabteilung, in der er sein Gerät testen konnte, doch es gab andere Wege.

„Öffnen Sie die Tür", befahl er Sykora, während er darauf zuging.

Sie hatte nur herumgestanden und ihren Mund in den fünfzehn Minuten, die er gebraucht hatte, höflicherweise geschlossen gehalten.

Die Frau funkelte ihn bloß an.

„Bitte", fügte Javier hinzu.

Navarra sagte niemals Bitte. Er war in letzter Zeit zu oft präsent. Sogar bei Sykora.

„Sensor. Zugriff auf Befehlsmodus", rief Javier. „Scanne den Korridor, wenn die Tür sich öffnet."

Er wartete.

Die Tür schwang auf leisen Angeln auf und niemand erwartete sie, geduldig wartend, mit einer Pistole in der Hand.

So weit, so gut.

Suvi schwebte nach draußen, wirkte ihren Zauber und ließ einen glücklichen Triller für ihn erklingen.

Und jetzt zum schweren Teil.

Ungeschickt ließ Javier den Metallstab ins Schloss gleiten. Vielleicht sollte er es mit einem Spray ein wenig ölen, bevor sie verschwanden? Jedenfalls mit irgendwas.

Die Theorie war ihm klar, doch er hatte an nichts üben können, und er wusste, dass, wenn man den Dateien glaubte, alles von seinem Feingefühl abhing.

Verschließe das Schloss von außen. Der Türknauf bewegte sich nicht.

Diese verdammten Barbaren und ihr Verzicht auf Schlüsselkarten. Zumindest waren die Gästesuiten zivilisiert.

Stopfe es ganz hinein. Ein Extratippen, um sicherzugehen. Drehe das Metall, bis es aufhört, sich zu bewegen. Halte es in dieser Stellung fest.

Drehe das kleine Schnapp-Dingsbums, das alle Stifte gleichzeitig nach oben ploppen lassen sollte.

Nichts.

Drehe nochmal.

Hey, da bewegte sich etwas. Vielleicht die Hälfte der Stifte?

„Es funktioniert nicht", sagte Sykora in einem Ton, der Langeweile mit der Andeutung technischer Überlegenheit kombinierte.

„Man kann kein Brecheisen benutzen, um sie aufzubekommen", knurrte Javier leise zurück. „Und hierfür würde man ohnehin eine mechanische Ramme brauchen. Keine Chance, dass sie das nicht bemerken würden."

Er wandte sich wieder dem Schloss zu.

Ließ es ein drittes Mal schnappen, drehte fester und das Schloss bewegte sich unter seinen Fingern.

Blöde Barbaren.

Okay, wir können Schlösser öffnen. Quälend langsam. Auf dämlichste Weise primitiv. Wahnsinnig sicher.

Bastarde.

TEIL VIER

DJAMILA SPÜRTE, wie ihre Hände zuckten und wie es sie nach einer Feuerwaffe in den Fingern juckte. Sie musste irgendetwas Tödliches halten.

Sie hatte überlegt, sich etwas aus den Vorräten an Metallstangen zu schnappen, doch das würde nicht zu einem Crewmitglied passen. Gleiches galt für ein geschliffenes flaches Stück Stahl.

Außerdem gab es hier nichts, das sie gefährlicher machen würde, als sie es mit ihren bloßen Händen und Füßen ohnehin schon war.

Aritzas giftiger Apfel schwebte hoch oben und linkerhand unter der Decke voraus, während sie sich weiterbewegten. Menschen tendierten dazu, beim Gehen nach links oben zu schauen, daher würde er auf ihrer rechten Seite vielleicht unsichtbar sein.

Es waren winzige Kleinigkeiten, doch zumindest hatte Aritza das Gerät mit einem gewissen Grad an professionellem Sinn programmiert. Auch wenn er selbst nie welchen zu zeigen schien.

Er hatte die Steuerung jetzt bei sich, doch sie befand sich

in seiner Tasche, und er kontrollierten den Apparat mit leisen verbalen Befehlen. Und wieder eine Verbesserung. Er konnte sehen, wohin er lief.

Djamila konnte sich nicht entscheiden, ob sie die bewaffnete Version, die er benutzt hatte um sie zu befreien, vermisste oder nicht. Jede Art Waffe hätte dazu geführt, dass sie sich besser gefühlt hätte. Sogar eine in seinen Händen.

Wenigstens war der Korridor leer.

Sie wusste, dass sie fast am Ziel waren, denn sie hatte sich die verschiedenen Ein- und Ausgangsmöglichkeiten eingeprägt.

Die Sonde hielt über einer verschlossenen Tür an, sank einen halben Meter ab und drehte sich um dreihundertsechzig Grad, bevor sie wieder zur Decke hinaufschoss.

Sie war Aritza gefolgt. Er blickte zu ihr zurück und nickte.

Der Gang wurde vermutlich von einem Mann hinter der Tür im Auge behalten, falls er wach war. Die Sonde hatte vorsichtig so manövriert, dass sie außer Sicht der Kamera blieb.

Djamila schlüpfte in ihre Rolle und verströmte Langeweile, als sie nähertrat und sich neben den Mann stellte.

Verdächtige Personen verhalten sich verdächtig. Sie war gerade zum Dienst gerufen worden, um irgendetwas Dämliches zu erledigen, anstatt zu tanzen. Djamila ließ die Schultern schlaff sinken, ließ die Haltung sie wie eine Python umschlingen, während sie ihr komplettes taktisches Gesichtsfeld auf drei Seiten aufrecht erhielt.

Kinderspiel.

Aritza hielt eine Spraydose mit einem Schmiermittel in einer Hand und seinen Dietrich in der anderen. Ein schnelles Zischen und dann das Wimmern von Metall auf Metall.

Klimper-Klick.

Klimper-Klick.

Genau jetzt überkam sie ein Gefühl des Bedauerns, weil sie keine Brechstange versteckt bei sich getragen hatte, während sie weitergegangen waren. Etwas, das anderthalb Meter lang war, aus geschmiedetem Metall bestand und ein spitzes und ein keilförmiges Ende besaß.

Der Blödarsch und sein Spielzeug würden versagen. Und die Wache im Innern würde aufwachen, in Panik geraten und den Alarm auslösen.

Djamila bezweifelte, dass man sie hängen würde.

Die Frau vom Strand hatte den Eindruck einer Person gemacht, die einen zu einer mit einem Aussichtsfenster versehenen Luftschleuse bringen ließ und aus der ganzen Angelegenheit eine Party machen würde, komplett mit Champagner und Fingerfood, während ein Streichquartett dazu spielte.

Sie gehörte zu der Art Leuten, die Djamila ihr ganzes Leben lang wie eine Außenseiterin behandelt hatten.

Man entschied sich vielleicht nicht dazu, Pirat zu werden, doch man konnte das Beste daraus machen.

Klimper-Klick.

Beim dritten Mal hatte er offensichtlich Glück.

Der Türgriff drehte sich.

Die Tür öffnete sich nach innen.

Djamila wusste bereits, dass sich niemand in der Nähe befand, eine Erkenntnis, die vom schwebenden Apfel bestätigt wurde, daher trat sie heran und trat die Tür mit ihrem übergroßen rechten Fuß auf.

Sie bewegte sich etwa fünfzig Zentimeter weit und schlug dann zurück. Das reichte nicht, um Sykoras Körpermasse aufzuhalten. Darum hatte sie auch einen Fuß und nicht die Schulter benutzt. Dahinter lag mehr *Schmackes*.

Jemand im Innern hatte das Geräusch gehört und war

aufgestanden, um nachzusehen. Djamila hatte ihn durch ihren Tritt auf den Hintern befördert.

Noch so ein Blödarsch. Er hätte vorher irgendeinen Alarm auslösen sollen.

Vielleicht hatte er das ja auch getan und er war auf dem Gang nur nicht zu hören. Aber das war im Moment unwichtig.

Noch während er darum kämpfte, wieder aufzustehen, landete Djamila wie ein Sack Kartoffeln auf dem Mann.

Ein schneller Schlag auf die Nase. Nicht stark genug, um ihn zu töten. Nur so schmerzhaft, dass er ihn überrumpelte und betäubte. Eine althergebrachte Methode, um Menschenmengen zu kontrollieren.

Die offene rechte Handfläche, unterstützt von ihrem gesamten Oberkörper, gegen den Wangenknochen. Auch nicht tödlich. Nur genug, um das Gehirn im Schädel durchzurütteln. Eine leichte Gehirnerschütterung, wenn man es richtig machte.

Linke Hand, offene Handfläche. Lass ihn in die andere Richtung schnappen.

Gute Nacht.

Djamila konnte beinahe spüren, wie die Augen des Mannes nach hinten rollten. Er erschlaffte unter ihr.

Sie drehte ihn aufs Gesicht, damit er nicht an seiner Zunge ersticken konnte, und warf einen prüfenden Blick über ihre Schulter.

Insgesamt weniger als zwei Sekunden.

Aritza und die Sonde befanden sich im Raum, die Tür war zu und verschlossen.

Was für ein Idiot vergaß, auf dieser Seite einen Riegel anzubringen, um Leute daran zu hindern, genau das hier zu tun?

Oh, die Arroganz der Reichen.

Aritza zog ein paar Fesseln aus seiner Tasche, doch

Djamila hatte bereits die Handschellen gefunden, die der Mann in einem Futteral trug. Sie zog beide Hände nach hinten, sorgte dafür, dass alles an der richtigen Stelle war, und ließ sie zuschnappen.

Sie stieg von dem armen Mann herunter und wechselte die Stellung, um seine Pupillen zu überprüfen. Betäubt und besinnungslos, aber das war nichts, was ein paar Stunden Ruhe und ein paar Aspirin nicht wieder geradebiegen würden.

Ein professionell erledigter Job.

Sie erhob sich.

Der arme Mann trug sogar eine Pistole in einem Holster, die er nicht gezogen hatte. Sie befestigte es an ihrem Gürtel und zog die Waffe.

Eine Standard-Betäubungspistole. Wirksam auf kurze Distanz. Taugte dazu, beinahe jeden auszuschalten, ohne ihn zu töten, es sei denn der Getroffene erlitt während des Kampfes einen durch Stress ausgelösten Herzinfarkt. Und warum war dieser Jemand dann überhaupt an Ort und Stelle, anstatt sich in einem Krankenhaus behandeln zu lassen?

Aritza untersuchte bereits die Bedienelemente mit Fingerspitzen, die sie nie ganz berührten. Während er das tat, summte er leise vor sich hin.

„Sensor. Zugriff auf Befehlsmodus", sagte er, wobei er ein ausziehbares Kabel aus der Konsole zog. „Standard-I/O-Verbindung vorhanden. Logge dich ein und überprüfe die Sicherheitssysteme."

Das Gerät sank nach unten und verwandelte sich in einen grauen Ballon, der über der Konsole schwebte.

„Sieht nicht so aus, als hätte er irgendwelche Alarme ausgelöst", fuhr Aritza, sich zu ihr umwendend, fort. „Haben Sie ihn nach Schlüsseln durchsucht?"

Djamila blinzelte ihn an.

„Das dachte ich mir schon", sagte Javier, kniete sich hin und schnappte sich einen Ring am Gürtel des Mannes.

„Das bringt uns die Hälfte des Weges weiter", sagte er, während sie ihn immer noch anstarrte.

Djamila merkte, dass sie bald erröten würde. Doch das hatte sie auch verdient. Sie hatte unprofessionell gehandelt. Sicher, sie hatte den Mann schnell und leise ausgeschaltet. Aber sie war so von seiner Waffe in den Bann gezogen worden und hatte darüber vergessen, sich nach allem anderen umzusehen.

Das tat sie nun, doch in seiner Tasche steckten weder ein Funkgerät, noch ein Messer. Nichts als Kleingeld.

Djamila stand in gedrückter Stimmung da.

Und angepisst.

Aritza ließ sie dastehen wie ein Erstsemester, obwohl sie die professionelle Piratin war.

Sie musste wieder eine Schippe drauflegen. Das hier war ein Rüstungswettlauf, jetzt und in alle Ewigkeit.

„Zur Hälfte?", fragte sie.

„Jede Box benötigt zwei Schlüssel", sagte er. „Der Gast hat einen, das Haus den anderen. Das sind die, die er bei sich trägt. Jetzt muss ich nur noch jeweils ein Schloss knacken."

Djamila nickte und blickte auf den armen Kerl am Boden herunter.

Sie hatte gehofft, dass es anders käme, aber ihre Verabredung mit Farouz war damit definitiv Geschichte.

Noch etwas, das sie Aritza verdankte.

TEIL FÜNF

JAVIER GING AUS DEM SICHERHEITSRAUM, einen kurzen Gang entlang und in den Haupttresorraum, während die beiden wichtigsten Frauen in seinem Leben ihm folgten. Nur eine von ihnen war auf der guten Seite, doch auch die Killeramazone war wichtig.

Zumindest für den Moment. Vielleicht würde sie bei Gelegenheit einen Unfall haben.

Berufsrisiko.

Der Tresorraum hatte sich in den letzten sechsunddreißig Stunden nicht verändert.

Zu seiner Rechten befand sich eine Reihe von Kämmerchen, in denen die Leute hinter einem Vorhang, der ihnen Privatsphäre bot, ihre Boxen abstellen und auf sie zugreifen konnten, ganz so, wie er es getan hatte, bevor er die Box abgegeben und einen Schlüssel erhalten hatte. Außerdem ein paar dick gepolsterte Sessel und eine Bank.

Und das Paradies.

Sechs senkrechte Reihen von Schließfächern. Sechs Reihen hoch.

Am weitesten entfernt, auf der linken Seite, befanden

sich die schmalsten von zwanzig Zentimeter Breite. Die oberste Reihe war zehn Zentimeter hoch und jede der Reihen darunter wurde um jeweils fünf Zentimeter größer.

Nach rechts hin wurden sie außerdem mit jeder senkrechten Reihe um fünf Zentimeter breiter.

Javier berührte nun die unterste Box in der fünften Reihe als Glücksbringer.

„Das ist unsere", sagte er in den Raum hinein.

Sykora grunzte bloß und stellte sich an eine Stelle, von der aus sie wahrscheinlich jeden erschießen konnte, der durch die Tür in den Raum kam. So war sie nun einmal.

Javier hatte sich bereits lange mit Suvi unterhalten, doch er hob die Fernsteuerung trotzdem zur Sicherheit an. Drei definitive Vielleichts. Vier außerhalb ihrer Scanreichweite. Zumindest war es aus ihrer Belüftungsöffnung oben so gewesen.

Jetzt nicht mehr.

„Sensor. Zugriff auf Befehlsmodus", rief er ihr zu. „Genauer Scan der sechste Reihe, während ich arbeite."

Er steckte den Universalschlüssel des Wachmanns ins Schloss. Oder versuchte es zumindest.

Falsches Schloss. Er war zu angespannt.

Tiefes Luftholen. Ruhig bleiben. Und professionell.

Stecke ihn in das RECHTE Schloss und drehe. Ja. So. Besser.

Javier fühlte für einen Augenblick einen Impuls im ganzen Körper.

Was zur Hölle …?

Oh. Richtig. Der genaue Scan. Und das war nur die Rückstreuung ihres elektromagnetischen Impulses? Ich frage mich, ob wir sie demnächst höher stellen und eine Kurzstreckenwaffe daraus machen könnten.

Muss daran denken, sie zu fragen. Oder sie soll sich eine Notiz machen, mich daran zu erinnern.

Irgend sowas.

Javier sprayte die magische Flüssigkeit in die ersten drei Schlösser, die Suvi identifiziert hatte, und steckte die Dose dann für den Moment wieder weg.

Gib dem Ganzen einen Augenblick, um einzuwirken.

Atme.

Er steckte das Stäbchen zum Knacken in Eins-Zwei und ließ den Zylinder schnappen. Sein eigener Schlüssel zu Fünf-Sechs hatte nur vier Zähne, daher war es vielleicht einfacher als erwartet.

Das Schloss bewegte sich. Entweder wurde er besser oder er hatte Glück gehabt.

Und ich hätte lieber Glück, als besser zu sein.

Die Außenseite stand offen und ließ dahinter eine feuerfeste Metallbox erkennen.

Er zog sie heraus, stellte sie auf dem Boden ab und klappte sie auf.

Papiere.

Urkunden. Testament. Ausweispapiere von fünf verschiedenen Planeten, ausgestellt auf fünf unterschiedliche Namen, alle mit dem gleichen Bild.

Ein Stapel Inhaberschuldverschreibungen. Mit denen konnte man in jede zivilisierte Bank marschieren und sie in Geld verwandeln. Viel Geld.

Wie viele Nullen?

Der Teufel auf seiner linken Schulter kicherte irre und fiel dann tot um, als der Engel auf der rechten einen Colt zog und ihn niederschoss.

„Du brauchst überhaupt nicht auf ihn zu hören", sagte der Engel.

Javier stimmte ihm zu. Er wollte nichts von alledem.

Und wenn er es doch tat, würde ihn das nicht auch zu einem Piraten machen? Wie die verrückte Schlampe hinter ihm?

Nein. Denk nicht einmal daran. Nicht für dich, Lady. Für niemanden.

Er legte alles ordentlich zurück, verschloss die Box und steckte sie an ihren Platz zurück.

An die zweite Box war schwerer heranzukommen. Fünf Versuche im Zylinder, bevor es funktionierte.

Javier schrieb das seinen Nerven und dem Adrenalin zu.

Darin befand sich etwas, das wie ein Manuskript aussah. Ein dickes. Auf echtem Papier gedruckt. Hunderte von Seiten von etwas, das eine schmutzige historische Liebesgeschichte aus der Ära der Gassegler der Alten Erde, kurz vor der Raumfahrt zu sein schien.

Schräg.

Javier war versucht, den Besitzer zu finden und zu fragen, warum das nie gedruckt worden war. Doch dann erinnerte er sich daran, wo er sich befand. Diese Leute besaßen so viel Geld, dass es wie Sauerstoff wurde und nur auffiel, wenn etwas davon plötzlich fehlte. Und nur wenige besaßen den Mut, die intellektuelle Ablehnung zu riskieren, die die Veröffentlichung deiner innersten Geheimnisse mit sich brachte.

Javier fragte sich, wie viele Hemingways sich wohl hinter dem Alkohol und den komplexen Drogen an diesem Ort versteckten.

Vier-Zwei und … da war es.

Oh Scheiße.

Ein kleiner Klotz, geschnitzt aus einem weißen Stein, der von roten Fäden durchzogen war. Nicht größer als zwei seiner Finger.

Ein *Baiwen*-Siegel. Und eine kleine Frauenpuderdose, von der er einfach wusste, dass sie mit einer seidenen Siegelpaste von beinahe unmöglichem Rot gefüllt war.

Das war mal echt altertümlich.

Javier fragte sich, wie alt der Stein sein mochte. Ob er von der Erde stammte?

Er öffnete den Deckel und taste die Vorderseite schnell mit Blicken ab. Die Aufschrift war *traditionelles Chinesisch*, die älteste aller Sprachen.

Diesen Leuten war es ernst.

Er schien vor sich hingemurmelt zu haben. Oder aufgehört haben, zu atmen.

Sykora ragte plötzlich über ihm auf.

„Ist es das?", fragte sie beinahe flüsternd. „Wie funktioniert das?"

„Geben Sie mir Ihre Hand", kicherte Javier beinahe, zog die Puderdose hervor und öffnete sie mit einer Drehung.

Er tippte die Stempelseite des *Baiwen* in die Paste und blickte erwartungsvoll auf.

Sie sah einen Moment düster auf ihn herab, doch dann schien die Neugier die Oberhand zu gewinnen. Ihre linke Hand senkte sich.

Javier packte sie, drehte sie um und drückte den Stempel auf die Innenseite ihres Unterarms, genau dorthin, wo man normalerweise die Stempel von Nachtclubs erhielt, nachdem man Eintritt bezahlt hatte.

„In technischer Hinsicht könnte Sie das zu seinem Eigentum machen", sagte Javier.

Sie versuchte, ihm ihren Arm zu entreißen, doch er war darauf vorbereitet und legte sein ganzes Gewicht in den Griff. Sie bewegte sich kaum.

„Bastard", zischte sie.

Javier zuckte mit einem bösen Grinsen auf den Lippen die Achseln. Es war nicht so, als ob sie das nicht verdient hatte.

Er legte den Stein mit all der Vorsicht weg, die man einer geheiligten Reliquie zukommen ließ, indem er ihn wieder einpackte und zusammen mit der Paste in seiner Tasche verstaute.

Beim nächsten Dokument handelte es sich um eine Geburtsurkunde, die sich in einer Ledertasche befand. Sie war zweieinhalb Jahrhunderte alt, und wurde begleitet von zusätzlichen Daten und nachfolgenden Geburten über acht Generationen bis hin zu einem Jungen, der nun etwa dreißig Jahre alt sein musste. Jede Ergänzung war wiederum selbst versiegelt.

Rechtlich bindend. Und vermutlich das Todesurteil des Jungen, wenn es gefunden würde. Wenn er gefunden würde.

Javier machte sich Gedanken über die Leute, die für die Vernichtung der Beweise zahlten. Zumindest waren sie willens, den Jungen in Ruhe zu lassen.

Es sei denn, das waren alles nur Machenschaften, um den Kerl später umbringen oder kidnappen zu lassen, wenn er nur noch ein normaler Mensch war und nicht mehr länger der wahren Kaiser von *Changzhuo*, der sich vor den Leuten versteckte, die den Planeten und seine Regierung zur Zeit beherrschten.

Oder jemand hatte Navarra angeheuert und erwartete nun ein völlig anderes Ergebnis.

Das hier ist nicht mein Zirkus. Das sind nicht meine Affen.

Javier nahm ungefähr die Hälfte der Papiere mit sich. Den ganzen rechtlichen Kram. Die langweilige Identifikation kam in die Box zurück. Die Bankunterlagen ließ er unberührt, auch die Inhaberobligationen und die Juwelen. Die würde der Junge morgen brauchen.

Vorsichtig schob er die Box zurück in die Wand und verschloss sie wieder.

„Okay", sagte er. „Lassen Sie uns verschwinden."

„Sie lassen den Helm zurück?", fragte sie ungläubig.

„Das stimmt", sagte er. „Hoffentlich betrachtet sie das als

Friedensangebot, wenn sie sich die Aufzeichnungen ansieht und begreift, wie viel Schaden wir hätten anrichten können."

„Sie sind wahnsinnig, Navarra", murmelte Hadiiye.

Wie viel davon ihrer Rolle geschuldet war, wusste er nicht. Diesen Punkt hatten sie lange überschritten.

Jetzt mussten sie nur lebendig von hier verschwinden.

TEIL SECHS

DJAMILA FAND ES LEHRREICH, Aritza bei der Arbeit zuzusehen. Sie wusste die seltenen Momente zu schätzen, in denen der Mann mit professioneller Sorgfalt und professionellem Verstand vorging. Sie wünschte nur, er würde sich öfter wie ein Erwachsener verhalten.

Sie könnte ihn vielleicht sogar respektieren, wenn er das täte. Auch wenn die Chance dafür gering waren.

Mit Leichtigkeit öffnete er die Boxen. Verschwendete keine einzige Bewegung.

Und ließ wortwörtlich das Lösegeld für einen König in der ersten von zwei Boxen zurück.

Aus der dritten entnahm er lediglich das steinerne Siegel, die purpurne Tinte und eine Handvoll offiziell aussehender Papiere.

Sonst nichts.

„Okay", sagte er. „Lassen Sie uns verschwinden."

„Sie lassen den Helm zurück?" Sie war schockiert.

All diese Mühen, das Metall zu finden und zu bearbeiten. All das. Nur, um es hier zurückzulassen. Wie wertvoll er wohl sein mochte, auch wenn er keine unbezahlbare Antiquität war?

„Das stimmt", erwiderte der Mann brüsk. „Hoffentlich betrachtet sie das als Friedensangebot, wenn sie sich die Aufzeichnungen ansieht und begreift, wie viel Schaden wir hätten anrichten können."

„Sie sind wahnsinnig, Navarra", knurrte Djamila ihn an.

Doch sie konnte es ihm wirklich nicht verdenken.

Javier Aritza handelte nach seinem eigenen Kodex. Navarra hatte diese Neigungen geerbt, wenn auch nicht die Muster.

Djamila zwinkerte, verwundert über sich selbst und glücklich, dass Aritza bereits an der Tür war, um zu verschwinden. Er hatte ihr Gesicht nicht gesehen.

War es möglich, diesen Kodex zu verstehen und den Mann aufgrund dessen zu respektieren?

Wilhelmina Teague hatte folgendes angedeutet: nur weil nicht jeder das Leben mit der gleichen konzentrierten Wildheit anging wie sie, bedeutete das nicht, dass das, was die anderen taten, keinen Wert besaß.

Für jeden außer Aritza war Djamila bereit, das zu verstehen.

Er musste seinen Scheiß geregelt kriegen. Erwachsen werden.

Wie jemand aus dem Management handeln.

Sie schüttelte den Kopf und folgte ihm mit einem letzten Rundblick durch die Tür. Wenn man einmal von der Videoaufzeichnung ihres Abenteuers und dem kaum wahrnehmbaren Geruch von Maschinenöl absah, würde nie jemand vermuten, dass sie hier gewesen waren.

An dem verschnürten Wachmann vorbei nach draußen und in den Hauptkorridor. Sie waren nur zwei weitere Mannschaftsmitglieder, die ihre Schicht beendet hatten, auch wenn sie Aritza mit ungefähr vier Meter Abstand folgte.

Unvermittelt blieb Javier stehen, die Hände in die Luft gereckt.

„Was machen Sie da schon wieder?", zischte sie.

Djamila hatte Aritza erreicht, bevor sie die andere Gestalt aus einer Türöffnung treten sah.

Bewaffnet. Kompetent. Zielend.

Wütend.

Farouz.

Eine starke Hand hielt eine Pistole, die mit der an ihrer Hüfte identisch war. Sie war auf Aritza gerichtet gewesen. Nun zielte sie auf sie.

Es handelte sich um ein einfaches Modell. Pumpe auf weniger als zehn Meter eine riesige Menge Energie in ein Ziel und sieh dabei zu, wie es umfällt.

Es hatte nicht einmal einen Strahl wie ein Laser. Eher war es wie eine Schrotflinte, deren Ladung das Ziel bei zehn Meter auf einer Fläche von etwas weniger als einem halben Meter traf.

Nichts, dem sie leicht ausweichen konnte, nicht einmal bei ihren Reflexen.

„Sind Sie ein Dieb in der Nacht, Captain Navarra?", frage er mit ruhiger, tiefer Stimme.

„Du hast ja keine Ahnung, Kumpel", knurrte Javier zurück.

Wie war es Farouz gelungen, dem Sensor zu entgehen?

Ihr fiel die elegante Art und Weise ein, auf die der Mann ging. Wie er ihr in die Wäschekammer gefolgt war.

Präzise. Kontrolliert. Kompakt.

So wie sie. Wie sie war. Wie sie gewesen war.

Spezialeinsatzkräfte.

Nicht von *Neu Berne*, doch etwas Ähnliches. Von einem Ort, der die Bemühungen von ein paar gefährlichen Menschen benötigte, wenn die Verwendung von einer Menge Menschen nicht funktionierte.

Diamantschneider.

Ein Killer.

„Was haben Sie getan, Navarra?", fuhr Farouz fort.

„Ich habe einen Spieler vom Brett entfernt", höhnte Navarra.

„Wen haben Sie diesmal ermordet?"

Djamila konnte sehen, dass Farouz zornig wurde.

Zorniger.

Unbeherrscht.

„Niemanden, Farouz", warf sie ein, darauf bedacht, sich nicht zu bewegen.

Es war möglich, dass er feuerte, wenn sich jemand bewegte. Es stand auf Messers Schneide, einer sehr fein ausbalancierten Schneide.

„Niemanden?" spottete der Kampfhahn. „Captain Navarra und sein tödliches Gangsterliebchen Hadiiye? Niemanden?"

„Eine Wache hat eine leichte Gehirnerschütterung", sage sie ruhig. „Ansonsten werden nur ein paar Papiere zerstört."

„Papiere?", fragte Farouz.

Sie konnte die Verwirrung in seinen Augen sehen. Augen, deren vormals warmes Braun die Wut kalt und todbringend hatte werden lassen.

Diesmal zog er sie nicht mit den Augen aus, bewunderte sie nicht für ihre Muskeln dort, wo andere Männer wegen des Fehlens schwerer Brüste enttäuscht gewesen wären.

Nein, diesmal nahm er ihre Maße für einen Sarg.

„Rechtliche Papiere", sagte Aritza.

Javiers Stimme klang diesmal weniger nach Navarra.

Weniger wie die eines Killers. Mehr wie die des Wissenschaftsoffiziers.

„Ich verstehe nicht …"

„Geburtsurkunden", fuhr Javier fort. „Identitätsbeweise. Aus dem genetischen Register. Das ganze Programm. Also ja, vielleicht ein Mord, abhängig davon, wie Sie es betrachten wollen. Morgen wird er zu der Person werden müssen, die er die ganzen Jahre vorgegeben hat zu sein."

„Warum?"

Djamila maß die Verwirrung in diesen Augen. Zuvor hatte sie ihre Seele in ihnen gespiegelt gesehen.

Sie waren trübe.

„Weil ich mehr bin als ein Vorfall mit massiven menschlichen Verlusten, der nur darauf wartet einzutreten, Kumpel", grollte Javier. „Manchmal ist es möglich, einen Diamanten mit einem einzigen Antippen und nicht mit einem Eimer Nitroglyzerin zu zerteilen."

„Und du, Hadiiye?", fragte Farouz. „All das, um Zugang zum System zu erlangen?"

Die Pistole bewegte sich kein Stück von der Stelle zwischen ihren Brüsten fort. Farouz mochte Navarra als gefährlich betrachten, doch mit ihr ging er kein Risiko ein.

Sie war wütend. Zerrissen.

Von den Andeutungen nicht beleidigt. Das war der Preis, den man dafür zahlte, dass man in diesem Geschäft war.

Die Lügen, die damit einhergingen.

Nein, die Wut basierte auf diesem Blick. Dieser Berührung, als sie in der kleinen Kammer gestanden hatten, während sie überlegte, ob sie den Mann küssen sollte, weil er sie höflich darum gebeten hatte. Anders als all die anderen Männer, die es wie ein Recht verlangt hatten.

Der Verlust.

Sie konnte jetzt lügen.

Der emotionale Bruch wäre besser.

Sauberer.

Endgültig.

Und falsch.

„Das war meine Mission, Farouz", erwiderte sie einfach.

„Wir haben ihre Parameter sehr weit überschritten, du und ich."

„Und wenn wir zusammen uns Bett gegangen wären?", knurrte er.

Sie nickte.

„Das wäre rein körperlich gewesen, Farouz", sagte sie. „Sonst nichts. Nicht *mehr*."

Er stand da, absolut regungslos.

Sekunden verrannen.

Sie wollte etwas sagen. Egal was.

Es gab nichts, das noch gesagt werden musste.

Auch Farouz erkannte das. Der Zweifel verschwand aus seinen Augen. Traurigkeit machte sich in ihnen breit, um ihn zu ersetzen.

Er nickte.

„Ja", stimmte er zu. „Da hast du recht."

Djamila ließ ihrer Seele einen kleinen Seufzer entweichen.

„Also haben wir jetzt ein Problem, Kumpel", sagte Javier scharf. „Sie werden uns nicht verhaften."

Djamila sah, wie Aritza seine Hände langsam, friedfertig senkte.

„Nein?", fragte Farouz. „Und warum nicht, Captain Navarra?"

„Weil Ihr Boss uns hierfür töten wird", erklärte der Mann, der als Navarra bekannt war. „An einem solchen Ausgang habe ich kein Interesse."

„Tut mir leid, Captain Navarra", sagte Farouz in höflichem Tonfall. „Aber Sie haben in dieser Angelegenheit nicht länger etwas zu sagen."

„Ich habe eine Menge Optionen, du Dreckskerl", krächzte Navarra.

Djamila beobachtete, wie er einen kleinen Schritt nach

links machte. Er stürzte sich nicht direkt auf Farouz. Bedrohte ihn nicht einmal.

Er bewegte sich nur.

Sie blieb absolut regungslos.

Navarra machte einen zweiten Schritt, diesmal näher an Farouz heran.

„Und Sie werden mich nicht daran hindern", fuhr Navarra fort.

Farouz drehte sich so, dass er die Pistole auf Navarra richten konnte.

Vielleicht war es eine Drohung. Vielleicht eine Feststellung. Vielleicht vergaß er seinen Feind.

Später überlegte sie, ob es vielleicht kein Versehen gewesen war.

Djamila zog, zielte und feuerte mit der Schnelligkeit eines Blitzes, sodass niemand, dem sie je begegnet war, und allerhöchstens die teuersten Trainingsroboter rechtzeitig hätte reagieren können.

Die Ballerina des Todes.

Aritza hatte den Mannschaftsmitgliedern der *Storm Gauntlet* erzählt, dass sie eine aktive Anhängerin der Göttin der Zerstörung war.

Doch er hatte keine Ahnung, wie eine Frau wie Djamila Sykora tickte.

Farouz' Augen zuckten schneller zu ihr zurück, als die Pistole folgen konnte.

Es hätte nichts geändert.

Kein Mensch hätte seine Bewegung umkehren und abdrücken können.

Selbst Farouz gelang es nur beinahe.

Das Pistolenmodell war fast lautlos, sah man einmal von dem leisesten Plopp ab, das die Luft erfüllte und das mehr wie eine elektrostatische Störung klang, die vom Körper des

Ziels ausging, als jeder Nerv überlastet wurde und alles im Inneren zu einem statischen Rauschen verebbte.

Es hatte nicht einmal den körperlich sichtbaren Stoß zufolge, den ein Stück Blei besitzt, wenn es mit Schallgeschwindigkeit in jemanden einschlägt. Nichts, dass einen Mann nach hinten stoßen würde. Nichts, dass den Erfolg anzeigte.

Farouz sackte nur still zu Boden.

Lediglich seine Pistole machte ein Geräusch und klapperte laut, als sie aus seinen gefühllosen Händen in eine Ecke schlitterte.

In ihrem Kopf tobte Djamila in mehreren Sprachen.

Von außen war nichts davon zu sehen.

Neu Berne.

Navarra warf ihr einen kalten Blick zu.

Nein, nicht Navarra.

Aritza.

„Ich werde das nur einmal sagen", sagte er in ruhigem Tonfall. „Sollte ich später danach gefragt werden, werde ich alles abstreiten. Müssen wir diesen Mann entführen und mit uns nehmen?"

Djamila erdolchte den Mann mit ihren Blicken. Wünschte, sie könnte ihn mit ihren bloßen Händen erwürgen.

Er hatte Schwäche gesehen. Sie erkannt. Konnte sie später ausnutzen.

Und doch …

Er bot ihr an, etwas *für* sie zu tun, nicht, ihr etwas anzutun.

Farouz würde ihr vielleicht nie vergeben. Wie auch immer … Und die Chance, dass sie sich je wiederbegegneten war verschwindend gering, es sie denn, der eine suchte den anderen.

Und das würde sie nicht wagen.

Denn wenn sie diesen Weg beschritt, führte er zu Schwäche. Fehlbares Fleisch.

Wilhelmina Teague erschien für eine Sekunde vor ihrem inneren Auge. Vielleicht aus ihrem Gedächtnis.

„Nein, Djamila", erwiderte Dr. Teague ruhig. „Wir nennen es Menschlichkeit."

Djamila knurrte. Größtenteils unhörbar.

Holte tief Atem. Hielt ihn an.

Ließ ihn entweichen.

„Nein", sagte sie schließlich nach einem eine Ewigkeit andauernden Herzschlag. „Er wird es verstehen."

Sie packte den winzigen Mann und hob ihn vorsichtig, beinahe liebevoll auf.

Die Tür zum Sicherheitsraum war zu. Verschlossen.

„Öffnen Sie sie", befahl sie Aritza, der in ihrem Fahrwasser folgte.

Er tat es und trat schnell zur Seite, als sie eintrat.

Farouz würde eine Weile besinnungslos sein. Lange genug.

Sie konnten immer noch entkommen.

Das Meiste von ihr würde das tun.

Einen kleinen Teil ihrer Seele aber, das wusste sie, würde sie auf diesem Deck zurücklassen.

TEIL SIEBEN

DER LAND LEVIATHAN hatte sich nicht verändert, abgesehen davon, dass er vielleicht tausend Meilen in Raum und Zeit weitergerollt war.

Javier empfand die Wüstenluft als trocken und scheußlich. Sie passte zu seiner Stimmung.

Zwei Monate waren vergangen. Vier, seit er das erste Mal auf dem großen eisernen Wal gelandet war. Seitdem hatten Sokolov und die *Storm Gauntlet* ein paar kleinere Jobs erledigt, doch keiner davon war besonders profitabel gewesen.

Es half dabei, das Licht am Brennen zu halten und die Crew mit Socken und Sahne zu versorgen.

Sie flogen in der gleichen Limousine, mit dem gleichen Fleck an der rechten Armlehne. Zakhar hatte wieder ein Nickerchen gemacht.

Sie landeten auf der gleichen hinteren Plattform und stiegen aus, um von demselben harten Mann im schönen Anzug in Empfang genommen zu werden. Die beiden Killer waren andere, aber doch die gleichen.

Javier trug das gleiche Navarra-Kostüm wie zuvor. Stiefel, Hosen, Wams, Stirnband.

Der einzige Unterschied war die Tasche, die er in einer Hand hielt. Ein altes Ding aus Leder und Segeltuch, das er im Fundbüro der *Storm Gauntlet* gefunden hatte. Es war von einem Anwalt zurückgelassen worden, der einmal an Bord gewesen war.

Und den Gürtel mit dem Schwert und der Impulspistole.

Anders als beim letzten Mal, war sie aufgeladen.

Der harte Mann streckte seine Hand aus und erwartete, dass Javier ihm seine Waffen übergeben würde.

„Nein", knurrte Navarra zurück.

Der Mann blinzelte, überdachte die Lage und überlebte den Tag.

Javier passte besser auf, als er weiterging. Sie befanden sich an Bord des vierten Waggons, waren auf einem Laufsteg von einem zum anderen gewechselt.

Sie war da. Wie zuvor.

Stewart Lace. Bankerin der Piraten. Mittelsfrau für Leute, die etwas erledigt haben wollten.

Immer noch gut angezogen. Immer noch korrekt. Immer noch von welkender Schönheit.

Tee. Käse und Knoblauch-Scones. Ein Teller mit Antipasti.

Zivilisiert.

Javier saß zwischen ihr und Captain Sokolov.

Die kleinen Finger wurden abgespreizt.

Javier entschied, dass er genug gespielt hatte. Er stellte seine Teetasse und deren Untertasse ab und griff nach der Tasche. Darin befand sich ein kleineres Reisetäschchen, das Kianoush schnell zusammengeschustert hatte, um die unbezahlbaren Artefakte darin zu transportieren.

Es kam zum Vorschein. Madame Lace stellt eilig ihren

Tee ab, damit sie die Beute von ihm in Empfang nehmen konnte.

Sie tauschte ein schnelles Lächeln mit ihm, als sich ihre Finger dabei berührten.

„Mein Auftraggeber war vom Resultat überrascht, Captain Navarra", schnurrte sie.

„Das liegt daran, dass Sie für einen Volltrottel arbeiten", bellte Javier zurück.

Es hatte fast einen Monat gedauert, um Navarra endlich zum Verstummen zu bringen. Dieser Frau gelang es wirklich, ihm sein *Wa* zu versauen.

Das war unakzeptabel.

„Haben Sie einen Angriff von Marines erwartet?", sagte er höhnisch. „Vielleicht einen vollen Hinterhalt mit Impulskanonen und schiffsvernichtenden Geschossen? Abraam Tamaz?"

„Ja, ich glaube, das war eher das, was sie erwartet haben", sagte sie ein wenig defensiv.

Offenbar war auch sie gegen diese Logik nicht immun gewesen.

Dummkopf.

„Gut", sagte Javier diplomatisch. „Nehmen Sie zur Kenntnis, dass dies der letzte Job für diesen oder diese Auftraggeber war. Für alle Zeiten. Sagen Sie ihnen, dass sie beim nächsten Mal einen Psychopathen anheuern sollen."

„Anstelle eines Profis?", stichelte sie.

„Sie wollten, dass ein Job erledigt wird, Lace", sagte Sokolov. „Wenn Sie auf mehr aus waren, dann wäre der Preis vermutlich zu hoch gewesen, sogar für die."

„Ich verstehe", erwiderte und öffnete die Tasche.

Nichts hatte sich geändert. Ein Siegelstempel in einem netten kleinen Filzbeutel. Ein kirschroter Farbzylinder. Acht ordentlich aufgerollte Schriftstücke.

Sie sah auf und fixierte Javier mit hartem Blick.

„Fragen Sie jetzt, Madame Lace", knurrte Javier. „Ab Morgen steht das Thema nicht mehr zur Debatte."

„Wie haben Sie das alles hinbekommen?", erkundigte sie sich schließlich. „Mir war gesagt worden, es sei unmöglich, den Job ohne ziemliche Verluste durchzuführen. Und doch ist es Ihnen gelungen."

„Nein", sagte Javier kalt. „Das sind Geschäftsgeheimnisse. Ende der Diskussion."

„Damit kann ich leben", sagte Lace mit einem diskreten Nicken.

Sie drehte sich um und zog eine eigene kleine Kuriertasche hinter einem Kissen hervor.

Für eine Millisekunde hätte Javier sie beinahe erschossen. Nun ja, Navarra hätte es fast getan.

Der Unterschied war fließend.

Sie öffnete die kleine Tasche mit wesentlich mehr Sorgfalt, als der, mit der sie sie ergriffen hatte. Vielleicht begriff sie, wie nahe sie eben daran gewesen war, zu sterben.

Kianoushs Tasche wurde eingesteckt. Zwei kleine Umschläge wurden hervorgeholt.

Der erste ging an Zakhar.

„Captain Sokolov", sie nickte ernst, „Die Quittung einer Überweisung auf Ihr Konto, ganz wie vereinbart. Inklusive eines kleinen Bonus."

Zakhar nahm den Umschlag mit absolutem Schweigen entgegen.

„Captain Navarra", sagte Stewart Lace mit äußerst reserviertem Ton. „Dieser zweite Umschlag wurde mir über eine Reihe von Mittelsmännern zugestellt. Er ist nicht geöffnet worden, wurde aber auf eine davon ausgehende Gefahr hin gescannt. Wir haben die Nachricht nicht gelesen, sind aber überzeugt, dass es sicher ist, sie zu lesen."

Javier grunzte.

Sogar von seinem Platz aus konnte er das Parfüm

riechen, mit dem sie das Papier getränkt hatte. Das war besser als jede Unterschrift.

Die Schrift auf der Vorderseite war Kalligraphie, aber lesbar. Perfekt. So wie sie.

E. Navarra.

Noch ein Hinweis. Als ob er den benötigte.

Javier nahm den Umschlag aus der Hand der Frau und verstaute ihn in seinem aufgeknöpften Wams.

Er würde den Teufel tun und ihn hier öffnen.

„Danke", sagte er.

Nicht mehr.

Das war auch nicht nötig.

Javier überraschte sie damit, dass er sich erhob.

„Madame Lace." Er verbeugte sich formell. „Vielleicht werden wir uns wiedersehen. Unter weniger unsicheren Umständen."

Sie stand auf und nahm seine Hand. Fest. Stark.

Ein klein wenig feucht.

Angstschweiß konnte echt Scheiße sein.

Und dann ging er, überließ es Sokolov, ihm in seinem Fahrwasser zu folgen. Der harte Typ und die zwei Killer warteten vor dem Raum, eskortierten sie stumm zum Senkrechtstarter und blieben zurück, als sie abhoben.

Zakhar setzte an, etwas zu sagen, überlegte es sich dann aber anders. Stattdessen lehnte er sich in seinem Sitz zurück und schloss die Augen.

Mehr Privatsphäre würde Javier nicht bekommen, bis sie aufs Schiff zurückgekehrt waren.

Der Umschlag bestand aus lavendelfarbenem Papier. Die Tinte war vermutlich echtes Zinnoberrot, die teure Sorte und nicht bloß das Produkt eines guten Chemielabors. So war sie nun mal.

Das Siegel bestand aus echtem Wachs, geschmolzen und

mit einem Siegelring gestempelt, der den einzigartigen Abdruck der *Shangdu* hinterlassen hatte.

Das Papier war von schwerer, handgefertigter Qualität und, dank des ursprünglichen Materials, willkürlich gefärbt.

Ihre Handschrift war einfach exquisit.

E,

Es ist offensichtlich, dass Du Dich an Orte begeben kannst, an denen Du nicht sein solltest. Und dass Du dies mit Umsicht und Stil tust, wobei Du nichts wahllos beschädigst. Vielen Dank. Farouz hat sich ebenfalls von seinem Ärger erholt.

Ich behalte den Helm. Wie Du schon sagtest, er war ein Friedensangebot. Und er passt fantastisch.

Es ist mein Wunsch, dass Du von Dir hören lässt und dass wir keine Feinde sind. Vielleicht wird es mir sogar möglich sein, Deine einzigartigen Fähigkeiten gelegentlich einzusetzen. Da gibt es großes Potential.

B

P.S.: Und bitte erfreue Dich an dem Beiliegenden und denke gelegentlich an mich.

JAVIER GRIFF ERNEUT in den Umschlag. Darin befand sich ein kleinerer Umschlag wie bei einer Matrjoschka. Und im Inneren dieses Umschlags befand sich ein Bild von zehn mal zwanzig Zentimetern, das wie eine Antiquität ausgedruckt war.

Das Gesicht war verdeckt, lag dank meisterlicher Beleuchtung und der Art, wie die Wangenstücke des Helms der Athene fielen, im Schatten. Nur ihr Lächeln war klar zu erkennen.

Außerdem hatte sie ihr langes schwarzes Haar heruntergelassen und so weit um sich gelegt, dass der Effekt eher nach Pin-Up als nach Pornographie aussah, doch es war offensichtlich, dass sie nichts trug außer dem Helm, während sie auf seinem ehemaligen Bett kniete.

Das Bild an der Wand dahinter verriet es.

Sie war immer noch absolut exquisit, doch man musste die *Khatum von Altai* schon vorher einmal so, völlig nackt, gesehen haben, um sie nun zu erkennen.

Die schönste Schwarze Witwe der Galaxie. Vermutlich auch deren tödlichste.

Javier merkte, dass die Aussicht, sie wiederzusehen, ihn nicht nur mit Furcht erfüllte, sondern ihn auch erregte.

Würde er, wenn er in ihr Netz zurückkehrte, jemals wieder entkommen? Wollte er das überhaupt?

Javier lächelte und lachte still in sich hinein.

„Was schreibt sie?", fragte Sakhar, ohne die Augen zu öffnen.

„Sie wussten es?", erwiderte Javier.

„Ich habe Ihren Bericht gelesen", sagte Sokolov. „Und ich kenne Sie gut genug, um zwischen den Zeilen lesen zu können. Wenn es um Sie geht, ergibt zwei plus zwei immer noch vier."

Javier lachte ein weiteres Mal.

„Also wird vielleicht doch noch alles gut", sagte Javier.

„Das hätte ich Ihnen auch vorher sagen könne, Mr. Wissenschaftsoffizier", sagte Sokolov. „Sie wollen ja bloß nie zuhören."

Javier musste es dem Mann lassen. Sie teilten sich einen Großteil ihrer Herkunft.

Mit einer Schwarzen Witwe zu tanzen, hatte ihn seinem Ziel, seine Schuld gegenüber dem Mann abbezahlen zu können, um einiges näher gebracht.

Vielleicht sollte er seine eigenen Netze spinnen.

Schließlich musste er Sykora immer noch irgendwann umbringen.

LESEN SIE MEHR!

Lesen Sie auch die anderen Bücher aus der Serie *Der Wissenschaftsoffizier*!

Der Wissenschaftsoffizier
Mission im Minenfeld
Der Goldene Käfig
Heißer Coup auf der Shangdu
The Doomsday Vault
The Last Flagship
The Hammerfield Gambit
The Hammerfield Payoff
The Bryce Connection

Sie können die Bände 1-4 zusammen erhalten in
The Science Officer Omnibus 1

BLAZE WARD

Band 5-8 sind erschienen im Sammelband
The Science Officer Omnibus 2

ÜBER DEN AUTOR

Blaze Ward schreibt Science-Fiction-Romane und -Storys, die im Alexandria Station Universum spielen (*Jessica Keller, Der Wissenschaftsoffizier, The Story Road*, etc.) sowie in diversen anderen Science-Fiction-Universen, wie *Star Dragon, Das Dominion* u.a. Außerdem schreibt er gelegentlich ein wenig High Fantasy mit Schwertern und Orks. Darüber hinaus ist er Redakteur und Herausgeber des *Boundary Shock Quarterly Magazine.* Sie können mehr auf seiner Website www.blazeward.com herausfinden, sowie auf Facebook, bei Goodreads, und an anderen Orten.

Blazes Geschichten sind erhältlich als E-Books, Bücher und als Audioversionen und können bei einer Reihe von Online-Verkäufern erworben werden. Sein Newsletter erscheint regelmäßig, und Sie können ihm auf dem Blog auf seiner Website folgen. Er liebt den Kontakt mit seinen Fans außerordentlich und freut sich auf alle möglichen Fragen – sogar, wenn sie seine Bücher betreffen!

Rezensionen

Es ist wahr. Rezensionen helfen mir dabei, mehr Bücher zu verkaufen. Wenn Ihnen diese Geschichte gefallen hat, dann hinterlassen Sie bitte eine Buchbesprechung auf Ihrer Lieblings-Website.

Verpassen Sie keine Veröffentlichung!

Wenn Sie über neue Veröffentlichungen informiert werden wollen, melden Sie sich für meinen Newsletter an.

Ich werde Sie nicht mit Spam-Mails bombardieren oder Ihre E-Mail-Adresse für ruchlose Taten verwenden. Sie können sich auch jederzeit wieder abmelden.

http://www.blazeward.com/newsletter/

Treten Sie mit Blaze in Kontakt!:

Web: www.blazeward.com

Boundary Shock Quarterly (BSQ):
www.BoundaryShockQuarterly.com

ÜBER KNOTTED ROAD PRESS

KNOTTED ROAD PRESS BELLETRISTIK ist spezialisiert auf rasante Geschichten, die an mysteriösen, exotischen Orten spielen.

Knotted Road Press Sachliteratur veröffentlicht Autobiographien, Wirtschaftsbücher, Kochbücher und Anleitungen, die in einzigartigem Ton geschrieben sind.

Knotted Road Press stellt für Leser in aller Welt DRM-freie E-Books her, sowie Druckversionen von hoher Qualität.

Mit seinen Autoren, die in so unterschiedlichen Genres schreiben wie Literatur, Lyrik, Mystery, Fantasy und Science Fiction, hat Knotted Road Press für jeden etwas zu bieten.

Knotted Road Press
www.KnottedRoadPress.com